현대문학연구의
방법과 지형

현대문학연구의
방법과 지형

정재림 지음

보고사

서문

　현대문학을 연구하면서 계속 고민하게 되는 부분은 문학연구방법에 관한 것이다. 논문을 쓰면서도 가장 어렵게 느껴졌던 부분이 연구방법론이었다. 학부와 대학원에서 배웠던 각종 이론과 지식들이 연구방법론을 위한 것이었다고 해도 과언이 아니건만, 그 이론과 지식이 문학 텍스트나 문학 현상을 정확하게 해석하고 진단해 주지 못한다는 아쉬움이 들곤 했었다.

　이 책의 '현대문학연구의 방법과 지형'이라는 거창한 제목은 연구자로서 나의 소망을 반영한 것이다. 이 책에 실린 글들이 현대문학연구의 구체적인 방법론이 되기에는 아직 부족하다. 학문에의 정진을 통하여 앞으로 10년쯤 후에는 한국현대문학의 지형과 형세를 파악하는 데 도움이 되는 방법론을 제시할 수 있기를 기대해본다. 이 책이 그 길로 가기 위한 하나의 시도이자 초석임은 말할 것도 없다.

　이 책에 실린 열 편의 글을 세 묶음으로 나누었다. 1부에 실린 세 편의 글은 여성 작가 혹은 여성 문학에 관한 것이다. 2부에 실린 글들은 한국전쟁이나 전후, 분단과 관련된 것이다. 그리고 3부에는 영상문학과 문학교육에 관련한 글을 실었다.

책을 낼 때마다 나의 연구와 학문이 많은 분들의 도움으로 가능한 것임을 새삼 절감하게 된다. 20여 년 가까운 긴 시간 동안 가르침을 베풀어주신 모교의 서생님들, 함께 공부해온 선후배와 동료들, 그리고 가족들에게 진심으로 감사드린다. 짧은 인사말 속에 나의 깊은 존경과 사랑이 포함되어 있음을 알아주셨으면 좋겠다. 또한 어려운 상황에서도 출판을 맡아주신 보고사 여러분께도 감사 인사를 드린다.

2013년 봄
정재림

차 례

제3부

제1부

오정희 「별사」에 나타난 죽음의 의미 연구

'춘향 이야기'의 현대적 변용

여성소설의 문법과 딜레마

오정희 「별사」에 나타난 죽음의 의미 연구

-문체 분석을 중심으로

1. 서론

오정희는 1968년 ≪중앙일보≫ 신춘문예에 「완구점 여인」이 당선되면서 창작활동을 시작하였다. 오정희 소설은 '섬뜩한 살의의 아름다움'[1], '전율과 사랑'[2], '세계에의 비극적 비전'[3] 등의 수사로 찬사를 받아왔지만, 오정희 소설 연구에 자주 등장하는 '애매성', '모호성', '난해성' 등의 수사는 그녀의 작품들이 일관된 해석의 잣대로 해석되지 않는 텍스트의 잉여를 내장하고 있음을 증명해준다.

초기작에서 「옛우물」에 이르기까지 오정희 소설에서 빠지지 않고 등장하는 주요한 소재 중 하나가 '죽음'이다. 『유년의 뜰』에 실린 「별사(別辭)」, 「꿈꾸는 새」, 「비어 있는 들」에서 죽음이 소설의 주된 정조를 이루고 있으며, 죽음이 모호한 대상으로 처리되고 있는 특징을 보

---

1) 김 현, 「살의의 섬뜩한 아름다움」, 『불의 강』 해설, 문학과지성사, 1977.
2) 김치수, 「전율, 그리고 사랑」, 『유년의 뜰』 해설, 문학과지성사, 1981.
3) 김병익, 「세계에의 비극적 비전」, 『월간조선』, 1982. 7.

인다. 특히 「별사」는 죽음이 중심 주제로 구현된 소설인데, 해석상의 모호한 부분이 많아 논란의 대상이 되기도 했다. 즉 '수수께끼'[4]에 비유되는 「별사」는 남편의 죽음이 사실인가 환상인가, 소설의 시적 이미지가 성공인가 실패인가를 두고 상이한 해석이 시도되었다.

「별사」는 어머니와 함께 '묘원'을 찾아가는 '정옥'의 심리가 서사의 중심축을 이루고 있는 소설이다. 전체의 구조로 본다면, '정옥'이 친정집을 방문하기 위해 P시의 자신의 집에서 나왔다가 다음날 부모님이 안장될 '묘원'을 방문하고 다시 집으로 돌아가는 '회귀적(원환적) 구조'를 취하고 있다. 또한 '정옥'으로 하여금 '집'(P시의 집과 친정집)을 나서게 했던 설명할 수 없는 '충동'에 주목한다면, 소설의 구조를 '추적(탐색)의 구조'로 볼 수도 있다. 그러나 '외출'을 감행하게 하는 '충동'의 목적, 즉 추적과 탐색의 대상이 구체적으로 드러나지 않을 뿐더러 중요한 지점이 외출을 통한 의식의 뚜렷한 각성에 있는 것이 아니므로, 구조적 특성에 주목하여 「별사」의 의미를 해명하려는 노력은 일정한 한계를 노출한다.

주의할 바는 「별사」의 추적과 탐색의 대상이 죽음이라는 점에 있다. 하지만 소설은 '정옥' 일행의 목적지가 '안식묘원'이라는 정보를 의도적으로 은폐·지연하고, 이들이 가족 나들이를 나선 것처럼 위장한다. 그렇기 때문에 목적지가 밝혀지기 전까지, 무거운 죽음의 이미지가 주조를 이루는 이유나 '정옥'을 엄습하는 '불안'의 근거가 해명되지 않은 채 남아 있어 독자로 하여금 의문을 품게 하는 효과를 발휘한다.

---

4) 이상섭, 「별사」의 수수께끼」, 『문학사상』, 1984. 8.

이러한 서술전략은 '죽음' 자체에 접근하기보다는 죽음'에 대한 인식'을 표현하고자 한 작가의 의도와 연관되는 듯하다.

이 글은 문체 분석에 중심을 두고 「별사」를 다시 읽고자 하는데, 이는 구조 분석으로 해명되지 않았던 미해결의 부분을 밝히는 유효한 전략이 될 것이라고 기대한다. 왜냐하면 문체는 작품에 내재하는 '화자의 태도', 작가의 '세계를 바라보는 특별한 태도'와 깊은 연관을 갖기 때문이다.5)

2. 본론

시간과 공간의 변화를 기준으로 「별사」6)의 서사를 분절해 보면 다음과 같다.7)

---

5) 김인환, 『비평의 원리』, 나남, 1994, 133-136면.
6) 오정희, 「별사」, 『幼年의 뜰』, 문학과지성사, 1981(앞으로의 인용은 면수로 대신함).
7) 본 논문은 텍스트를 시공간의 이동에 따라 정리해 보았다. 시공간에 따른 정리해본 이유는, 이러한 방법이 다분히 구조적인 방법론임에도 불구하고 시공간의 구분이 혼란스러운 해당 텍스트의 이해를 위한 일차적인 방법이기 때문이다. 또한 문체 분석과 구조 분석이 배타적인 방법론이 아니라 상보적인 방법론임은 주지의 사실이기도 하다.

시제	중심 화소	장소	문체소	
			+ 자질	- 자질
1) 현재 1	아버지의 모습을 보고 놀람	친정집 마루		◦더부룩이 자란 잔디 ◦칠이 벗겨져 눅눅하게 썩어 가는 울짱 ◦움직임이 없는 아버지 ◦농밀한 정적
2) 회상 1	**친정에 도착하여 부모님을 뵘**	친정집 마당과 마루	◦한창 피어 있는 장미꽃	**◦검은 안경을 쓴 아버지** **◦무덥고 달짝지근한 밤공기** ◦끈끈하고 무거운 어둠 ◦두꺼워지는 어둠
3) 현재 2	문둥이의 방문	친정집 마당, 대문 밖	◦대추를 따는 아이의 생기 발랄함	◦아버지의 어눌함 ◦검붉은 문둥이의 얼굴
4) 현재 3	만원버스에서 시달림	버스 안	◦붐비고 소란한 버스 안 ◦진한 갯비린내 ◦평야의 싱싱한 벼포기	◦콜타르 아스팔트, 더운 바람
5) 현재 4	군용 트럭, 군인들의 행렬과 만남	검문소 앞, 비포장 도로, 가게 앞	◦불도저, 곡괭이질, 자갈 쏟아지는 소리 ◦원색 옷을 입은 젊은 남녀 서넛	◦흙먼지 ◦완전한 적요로움 ◦군인 행렬(붉게 달아오른 얼굴. 죽은 녹빛의 행군) ◦염(殮)한 것 같은 어머니의 얼굴
6) 회상 5	**남편의 떠남**	정옥의 집		
7) 현재 5	사무소를 경유해 묘지를 찾아감	안식묘원 입구, 사무소, 완만한 오르막길		◦산을 뒤덮은 봉분 ◦묘의 무성한 잡초
8) 회상 4	**남편이 감시의 대상이며 실종되었음**	정옥의 집		
9) 현재 6	좁고 가파른 꼭대기로 올라감	합장묘 앞		◦벌건 황토흙 ◦쑥대머리처럼 자란 잡초 ◦흙이 파헤쳐진 묘지
10) 회상 6	**새벽마다 산에 오르는 남편의 습관**	정옥의 집		
11) 현재 7	죽음에 대한 상념, 바라소리 들음, 음식을 먹음	묫자리	◦원유회의 식탁 같은 즐거운 분위기	◦옆 무덤 앞에 버려진 쓰레기 더미 ◦잡초밭 같은 묫자리
12) 회상 7	**여고 시절과 신혼 첫날 밤**	정옥의 방		

13) 현재 1 *('그'의 서사)*	*어제 이곳에 도착하여 여관에서 자고 영화를 보았다는 정보 제공*	*저수지를 향해 가는 길*		◦먼지 이는 길 ◦뜨거운 햇빛, 열기 ◦무거운 낚시 도구들
14) 현재 8	까치를 좇는 아이	못자리	◦까치를 좇는 아이의 빠른 움직임	◦까치의 적의, 쇳빛 날개 ◦한낮의 적요로움 ◦영구차, 파놓은 묘지
15) 현재 2 *('그'의 서사)*	*세 갈래길 도착, 국수를 먹음*	*신작로, 가겟집*	◦개구리 울음 소리 ◦아이의 울음 소리 ◦젖을 물리는 가게 안주인	◦한낮의 정적 ◦절을 찾는 소박 차림의 아낙네 ◦하얗게 뜬 고추벌레
16) 현재 9	탈관, 하관 장면	못자리	◦푸르고 싱싱한 꽃잎	◦검은칠을 한 관(어머니의 머리, 까치의 날개) ◦어머니 얼굴의 굵고 가는 주름살 ◦남자들의 검은 양복, 여자들의 하얀 소복 ◦계면의 슬프고 느린 음조 ◦바라 치는 소리, 징소리 ◦옆 무덤 앞에 놓인 시든 꽃
17) 회상3	**경관의 방문, 현장 방문**	**정옥의 집, 강의 섬**		
18) 현재 10	회 다지기 장면	못자리	◦회 다지는 빠른 발놀림 ◦무덤에서 솟아나는 듯한 인부들 ◦춤추는 듯이 보이는 회 다지기 모습	
19) 현재 3 *('그'의 서사)*	*냇물에 발을 담금*	*냇가*	◦시원한 냇물 ◦형형색색의 돌 ◦동화 속의 보랏빛 돌	◦물기 마른 평범한 돌 ◦기우는 해, 밤
20) 현재 11	봉분이 만들어짐, 계속되는 바라소리	못자리	◦다급한 소리(징, 바라)	◦새로운 봉분이 솟아남
21) 회상 2	**세탁소에 다녀와서 남편이 다녀간 흔적을 발견하고 불안해 함**	**정옥의 집**		
22) 현재 12	봉분에 떼를 입힘, 제사, 빈관을 태움, 까치떼의 등장, 영구차 떠남	못자리		◦정맥류 현상을 보이는 어머니의 다리 ◦젖은 바람, 먹장 구름 ◦회색의 공산, 검은 풀빛 ◦새까만 쇠파리떼 ◦갑자기 나타나 움직이지 않는 새떼

| 23)현재 13 | 반대편의 길로 내려감 | 내리막길 | | ∘어두운 하늘
∘가파른 내리막길 |
| 24)현재 14 | 비를 피해 절로 들어섬 | 절 | | ∘어두운 불당 |

※ 이탤릭체로 표기된 부분은 '그'가 주된 초점화자로 등장하는 서사를 나타낸다.

(1) 시제의 모순과 계기적 시간성의 부정

서사 분석에 있어서 두 가지의 의문이 제기되는데, 첫째, '정옥'을 초점화자로 한 서술의 시제를 '현재'로 보는 것이 타당한가, 둘째, '그'의 시각에서 서술된 부분의 서술자가 누구이며 시점을 어떻게 보아야 하는가 하는 점이다.

'그때' '그때까지도'의 시간 부사어, '-았-/-었-'의 과거 시제 선어말어미의 사용은, '사건시'가 '서술시'보다 앞서고 있음을 알려주는 표지가 된다. 그렇다면 '정옥'의 시점에서 서술되는 단락의 시제를 '과거'로 보아야 할 것이다. 하지만 소설 후반부의 "이 흔적에서 분명 지금의 이 시간들을 되살리려는 헛된 노력을 하게 될 것이 끔찍하게 생각되었기 때문이었다."(191면)와 같은 문장은 시제를 '과거'로 확정하는 것을 주저하게 만든다. '이 흔적' '이 시간'의 지시 대명사나 '지금'이라는 현재 시간 명사가, 소설의 인물과 서술자가 동일한 시공간에 위치하고 있음을 입증하고 있기 때문이다. 현재 시상이 '현재 시제'와 현재 이 순간 직전에 발생하거나 완료된 사건을 지시하는 '완료 시상'의 두 국면을 포함하는 언어의 일반적 특성을 고려한다면8), '정옥'의 시

---

8) 김인환, 『언어학과 문학』, 고려대학교 출판부, 1999, 47-60면.

점에서 서술되는 서사의 시제를 '현재'로 보는 것이 타당할 듯하다.

13), 15), 19)의 서술 주체와 시점을 확정하는 문제는, 「별사」를 상이하게 해석하게 하는 주요 요인으로 작용해 왔다.[9] '그'의 시각에서 서술되는 부분에서 주목할 점은 '-있다' '-탄다' '두리번거린다' '걷는다'에서 확인되듯이, '현재' 시제가 명확하게 제시되어 있다는 것이다. 백중날을 시간적 배경으로 하는 '정옥'의 서사가 '과거형 종결어미'에 의해 서술된 반면, 동일한 시간적 배경을 취하고 있는 '그'의 서사는 '현재형 종결어미'로 서술되어 있는 것은 모순이 아닐 수 없다. 이 부분을 '정옥'의 환상으로 취급하는 해석은 시간의 착오라는 모순점을 해결해 주기는 하지만, 타당한 근거가 부재한 막연한 추측에 기반한 것이므로 온당한 해석으로 인정하기 어려울 듯하다. '그'의 서사를 환상으로 볼 것이 아니라, 동일한 시간에 전개되는 별개의 서사로 인정하는 것이 온당하다. 그렇다면 동일한 시간을 배경으로 하는 '그'의 서사가, '정옥'의 서사와 달리 현재형(혹은 미래형) 시제를 취하는 이유는 무엇인가. 시간적 모순의 원인은 소설에서 '그'가 죽음(혹은 죽음을 향한 도정)에 이르는 유일한 인물이라는 점에서 찾아야 한다. 소설에서 죽음과 연관된 모티프가 자주 등장하긴 하지만, 그것은 죽음의 이미지거나 타인의 죽음이다. '그'는 죽음을 직접 경험하는 유일한 인물인

---

9) 미래의 시점에서 '정옥'에 의해 회상되는 부분이라고 보는 견해(이상섭, 앞의 논문), 현재의 시점에서 이루어지는 '정옥'의 환상으로 해석하는 의견(신철하, 「性과 죽음의 고리」, 『현대문학』, 1987. 10; 최윤정, 「부재의 정치성─보이는 것과 보이지 않는 것의 변주」, 『작가세계』, 1995 여름; 김혜영, 「오정희 소설의 이미지 연구」, 『현대문학이론연구』 19, 2003)으로 양분되는데, 어느 입장을 취하느냐에 따라 해석이 상이해진다.

데, 죽음은 과거형으로 존재할 수 없다는 특징을 띤다. 즉 항상 '영원한 미래'인 죽음이 과거형으로 존재할 수 없기 때문에, '그'의 서사는 '정옥'의 서사와 동일한 시간적 배경을 취하면서도 현재형 시제를 취하게 된다.

2), 6), 8), 10), 12), 18), 21)과 같이, 소설에서 회상은 7차례 이루어진다. 특징적인 사항은, 대개의 경우 '자유연상'에 의해 과거 회상이 유도된다는 점이다.10) 과거 회상이 '자유연상'을 매개로 하여 이루어진다는 사실은, 서사가 '시간성'에 근거하여 전개되는 것이 아니라는 반증이 된다. 서사가 시간성에 근거하여 전개된다면 시간의 계기적 흐름 속에서 한 개인이 변모해 가는 모습과 그것이 갖는 의미가 소설의 핵심이 될 것이다.11) 최소화된 접속사의 사용12) 또한 「별사」에서 서사의 인과성이나 시간성이 상대적으로 간과되고 있다는 사실을 보여준다. 왜냐하면 접속사는 앞뒤 사건의 인과관계나 논리성을 강화하는 역할을 하기 때문이다. '과거-현재-미래'의 직선적 계기로 시간을 인식하는 '시간성'에 근거할 때, 인간 존재는 '탄생-성장-죽음'의 자

---

10) (2): 지금의 '친근하고 돌연한 느낌'이 어제의 느낌과 동일한 경험을 환기함. (6): 군인의 행렬이 '전시(戰時)'처럼 떠난 남편을 떠오르게 함. (8): "왜 이렇게 통 안 왔니"라는 어제와 동일한 질문을 받음. (10): 묘원에 오르는 행위가 남편의 새벽 산행을 떠오르게 함. (12): 합장으로 다음 생에서 아버지와 부부의 인연을 맺고자 하는 어머니의 바람이 미래의 배우자를 보고자 했던 자신의 여고시절을 떠올리게 함. (17): 어제의 소나기 흔적에서 남편의 실종을 초래한 소나기를 떠올림. 이와 같이 (21)를 제외한 전부에서 회상이 자유연상에 의해 이루어지고 있음을 확인할 수 있다.

11) 김현, 『현대소설의 담화론적 연구』, 계명문화사, 1995, 240면.

12) 중편 분량에 해당하는 「별사」에서 접속사는 단 11회만 사용된다.

장 안에 위치될 수 있다. 계기적 시간성은 '태어남/죽음'을 이분법적
으로 사유하는 태도의 근거가 되기 때문이다. 계기적 시간성과 사건
의 인과성을 부정하는 태도는, 「별사」에 나타나는 여러 가지 시간의
모순의 근본 원인이 된다.

그렇다면 계기적 시간성을 거부하는 「별사」는 어떻게 죽음의 문제
에 접근하는가. 죽음은 결코 '현재'일 수 없기에 '영원한 미래'이며, 또
한 어떤 방식으로도 손안에 거머쥘 수 없는 대상이므로 '절대적 타자'
이다.13) '타인의 죽음'을 통해 죽음에 객관적으로 접근할 가능성이 제
공되지만, 이것은 죽는 자가 감수하는 존재의 상실 그 자체에는 접근
할 수 없다는 명백한 한계를 갖는다.14) 「별사」는 계기적 시간성을 부
정하기 때문에, '삶/죽음'의 이분법의 체계로 '죽음'에 접근하지 않는
다. 또한 계기성과 인과성이 상대적으로 간과되기 때문에, 논리적이
고 명확한 언어로 죽음이 표상되지 않고 오히려 감각과 이미지에 의해
죽음'에 대한 인식'이 드러나는 특징을 보인다. 소설에서 죽음이 경험
되는 방식은 크게 두 가지이다. 타인의 죽음을 관찰하는 방식이 하나
이며, 예고된 죽음의 행로를 걷고 있는 '그'의 내면을 그리는 방식이
또다른 하나이다. 전자는 뭇자리에서 관찰하는 장례 절차를 통해 구
현되는데, 죽어가는 아버지, 죽음의 표상인 '문둥이'와 '까치', '군대의

---

13) 엠마누엘 레비나스, 강영안 역, 『시간과 타자』, 문예출판사, 1996, 73-112면.
14) M. 하이데거, 이기상 역, 『존재와 시간』, 까치글방, 1998, 317-357면 참조.
   하이데거는 "죽음에서 현존재의 전체에 도달하는 것은 동시에 거기에 존재함[현
   존재]을 상실하는 것"이므로 죽음을 이해할 수 있는 가능성은 배제되며, 또한 타
   인의 죽음을 경험하는 것은 "기껏해야 고작 '그 자리에' 있"는 것에 불과하다고
   주장한다.

행렬'의 분위기와 이미지를 통해 죽음이 감각적이고 간접화된 방식으로 경험된다. 후자는 직접적인 죽음에 해당된다고 할 수 있는데, '그'의 죽음에 대한 설명은 13), 15), 19)가 현재형(혹은 미래형) 시제를 취할 수밖에 없었던 이유를 해명해 줄 것이다.

(2) 대립적 문체소의 반복

「별사」는 논리적이고 이성적인 언어가 아닌, 대립적 문체소의 반복으로 죽음의 주제를 심화시키는 특징을 보인다.[15] 앞의 표는 대립적 문체소[16]인 '+자질'과 '−자질'의 대립·반복이 「별사」 전반에 거쳐 나타나고 있음을 확인하게 한다. '+자질'과 '−자질'은 각각 삶/죽음, 젊음/죽음, 생기/쇠락, 생성/소멸, 움직임/고요함 등의 대조적 자질을 의미하는데, 이 대조·반복은 '삶과 죽음의 양면성'[17]을 암시할 뿐만 아니라 서사적 긴장을 유지시키는 문체적 장치로 기능하고 있다.

---

15) 황도경, 「빛과 어둠의 이중문체」, 『문체로 읽는 소설』, 소명출판, 2002.
    대립적 문체소를 중첩·반복하는 '이중의 문체 구성'은 오정희의 다른 소설에서도 동일하게 확인되는 특징이다.
16) 김상태, 『문체의 이론과 해석』, 새문사, 1982, 45면.
    문체소(文體素:stylisticum)를 찾아내는 것은 "문체론적 연구의 제일보"라 할 수 있는데, 문체소란 "구문이나 문장의 어휘일 수도 있고, 리듬, 아이러니, 패러독스, 은유, 상징, 강조법 등 여러 가지 문학적 장치" 나아가 "통계적 자료에 의한 특징군"을 포함하는 개념이다.
17) 김치수, 앞의 글, 221면.

①

낮질이 가지 않아 더부룩이 자란 잔디 위에, 클로버 따위 잡초를 뽑는 시늉으로 앉아 있는, 박박 깎은 알머리의 아버지를 보는 순간 뜰을 두른 울짱이 아득히 멀어지며……. (153면)

흰 페이트 칠이 벗겨진 지 오래어, 상기도 비에 젖고 있는 듯 눅눅하게 썩어 가는, 잇댄 판자쪽의 울짱과 부피가 느껴지는 농밀한 정적 속에……. (153면)

그러나 자세히 지켜 보아야만 알 수 있는 굼뜨고 무심한 팔굽의 움직임 외에는, 나뭇잎 끝을 스치는 바람의 한 올도 느껴지지 않았다. 그만한 움직임도 힘에 겨운지 땀으로 달라붙은 모시 등걸이 위로 등의 죽지뼈가 앙상하게 드러났다. (153–154면)

②

아이는 대추나무를 흔들어 설익은 열매를 털고 있다. 반짝 쳐들린 아이의 얼굴이 연처럼 당실 떠 보였다. (154면)

아이는 나무 둥치를 끌어안고 한 차례 흔들어 댄 후 서너 발짝 물러서서 대추 열매 떨어지는 곳을 가늠하고는 풀숲에 숨은 그것들을 찾아내어 주머니에 넣었다. (155면)

인용문①에서는 운신(運身)이 자유롭지 못한 아버지의 부자연스러운 움직임, 낡아서 썩어가는 울짱의 퇴락한 분위기, 뜰의 적막한 정적감이 주조를 이루는 반면, 인용문②에는 아이의 경쾌함과 활발한 움직임이 두드러지게 나타난다. '더부룩이 자란' '칠이 벗겨진' '비에 젖고 있는' '눅눅하게 썩어 가는' '굼뜨고 무심한'과 같이 칙칙하고 무거운 느낌의 관형절로 명사를 수식하게 함으로써, 해당 단락의 분위기를 어둡고 무겁게 만드는 효과를 얻는다. '잡초' '농밀한 정적' '시늉' 등의 명사 또한 무상하고 어두운 분위기 형성에 기여하는 요소들이다. 반면 아이의 행위를 묘사하는 단락에서는 역동적이고 적극적 행동을 수반하는 '흔들다' '털다' '찾아내다' '넣다' 등의 타동사를 서술어로 취하며, '반짝' '당실' '연처럼'과 같은 부사어를 사용하여 행동의 역동성과 가벼운 분위기를 강조하고 있다. 인용문1와 인용문2의 상반된 분위기와 이미지는 각각의 의미를 강화하는 한편, 대조의 효과를 통해 서사의 팽팽한 긴장을 가져오는 역할을 한다.

3
먼지, 먼지뿐이었다. 구멍가게의 지붕도, 길을 사이에 둔 푸성귀 밭도 부옇게 흙먼지를 뒤집어쓴 채 고요했다. 그것은 이상하게도 석회질의 재, 혹은 낙진처럼 보였다. 서릿발 같은 햇빛 아래 죽어 있는 듯 귀기를 띠며 음산하게 눈에 들어오는 것이었다. (158~159면)

4
그러나 길로 들어서기 전 최초로 느낀 표백의 상태, 완전히 텅빈 듯한 적요로움은 순간적인 것에 지나지 않았다.
먼지 속으로 들어서자 길 한 쪽에 황토흙을 뒤집어쓴 채 잠시 쉴 참인 불도저, 깊이 박힌 돌을 찍어내는 인부들의 곡괭이 날에서 반짝반짝 튀어오르는 섬광, 임질로 자갈을 나르는 아낙네들과 맞부딪혔던

것이다. 포장 공사가 한창으로 길은 차 한 대 빠져나갈 넓이만을 남겨
둔 채 모조리 파헤쳐져 있었다. (159면)

묘원으로 향하는 비포장도로에 들어서면서 '정옥'을 사로잡는 것은
길과 푸성귀 밭을 뒤덮고 있는 '먼지'인데, 먼지는 통상 '죽음의 재'로
명명되는 '낙진(落塵)'을 비유어로 가져옴으로써, '귀기'와 죽음, 죽음
의 '적요로움' 등과 자연스럽게 연결된다. 그러나 묘원 입구에서 분위
기를 압도하던 적요로움은, 바로 다음 단락에 등장하는 소란스런 청
각적 심상들에 의해 파괴된다. 인용문4의 '불도저'의 기계음, 돌에
찍히는 '곡괭이 날' 소리, '자갈' 쏟아 붓는 소리는 "표백의 상태, 완전
히 텅빈 듯한 적요로움"을 깨뜨리기에 충분한 것들이다. 인용문3과
인용문4의 병치는 죽음의 적요로움(−자질)과 삶의 소란스러움(+자질)
이 부딪혀 공존하고 있음을 보여준다.

이와 같은 이질적 문체소의 대립은 소설의 초반부인 친정집 마당에
서부터 최종 목적지인 못자리에 이르기까지 계속적으로 반복된다. 즉
친정집 마당(아버지↔아이), 마당과 문밖(문둥이↔아이), 버스 안(갯비
린내, 싱싱한 풀포기↔콜타르 아스팔트, 작열하는 더위), 비포장 도로(먼
지, 적요로움, 녹빛 군인의 행렬↔소란한 공사판 소리, 원색 옷의 젊은이
들), 오르막길(적요로움, 무섬증↔소란함, 일상성), 못자리(상복, 까치,
묘지↔아이의 활동적 움직임, 원유회 분위기)의 간 단락마다 문체소의
대립·반복이 확인된다. 뿐만 아니라 인용문5와 같이, 한 단락 안에
대립적인 문체소가 공존하기도 한다.

⑤

좁게 남겨진 길을 승용차들이 경적을 울리며, 먼지가 잦아들 겨를이
없이 줄을 이어 지나갔다. 벌룸 열린 트렁크에서 아이스박스나 돗자
리 따위가 엿보이기도 했다. 아, 휴일이구나 하는 생각이 분명한 이유
를 알 수 없으면서 가슴을 에이게 했다.

<u>여름 모자를 쓴 소녀의 얼굴이 수놓은 베를 씌운 뒷좌석 등받이에 턱</u>
<u>을 걸치고 화사하게 웃으며 먼지 속으로 천천히 사라져 갔다.</u> 아, 휴일
이구나. 정옥은 그 말이 주는 흐릿한 슬픔의 느낌을 즐기며 또 중얼거
렸다. (159면) (밑줄:인용자)

묘원으로 향하던 비포장도로에서 '정옥'은 휴일을 맞아 가족 나들이
를 떠나는 차량과 만나게 된다. "뒷자석 등받이에 턱을 걸치고 화사
하게" 웃고 있는 소녀의 얼굴은 '+자질'을 표상한다고 볼 수 있다. 그
러나 등받이 천인 '베'는 상제의 상복이나 죽은 사람의 수의를 떠올리
게 하며, 승용차의 뒤창에 얼굴만 도드라져 있는 소녀의 웃는 모습은
영정의 프레임에 갇힌 죽은 자의 얼굴을 환기한다. 그렇기 때문에 인
용문⑤는 야유회를 떠나는 소녀의 즐거움을 의미하기도 하지만, 동시
에 영구차에 실려 묘지로 떠나는 장례 차량을 암시하기도 한다. 소녀
의 모습에서 두 가지 상반된 인상을 받았기 때문에, '정옥'은 "먼지 속
으로 천천히 사라"지는 승용차를 보며 "흐릿한 슬픔의 느낌"을 갖게
된다.[18]

---

18) 못자리에서 음식을 먹는 행위를 '원유회'에 비유하는 장면에서도 이와 같은 효과
   가 발생한다. 못자리 앞에서의 음식 나눔은 원유회의 식탁과 제상(祭床)이라는
   서로 상반된 의미와 연결되기 때문이다. 이는 '백중날', '우란분재'가 망자를 추모

이처럼 일상적인 삶과 비일상적인 죽음의 대립적 이미지가 겹쳐 놓이기 때문에, '정옥'은 "예기치 않은 순간에, 그러나 친숙하게 찾아오는 이 느낌", "친근하고 돌연한 느낌"에 사로잡히게 된다. 「별사」는 대립적 문체소의 반복을 통해, 삶과 죽음이 이분법적으로 단절된 것이 아니라 삶/죽음, 일상/비일상의 혼재라는 양상으로 드러난다는 사실을 보여준다.

(3) 비유와 감각을 통한 죽음에의 접근

죽음은 '영원한 미래' '절대적 타자'이므로, 주체에게 죽음에 접근하는 길은 근원적으로 차단되어 있다고 말할 수 있다. 그런데 「별사」에서는 죽음이 삶 속에 혼용되어 나타나는 양상을 보이기 때문에, 감각적 이미지를 통해 혼재된 죽음을 지각할 가능성이 열리게 된다.[19] 소설 초반부에 '정옥'의 의식을 사로잡고 있는 것은, 바로 도처에 흩어져 있는 죽음의 이미지들이다.

⑥
A. 뜰을 두른 울짱이 아득히 멀어지며 그 등뒤로 투명하게 움직이는 어떤 모습을 보았기 때문이었다. (153면)

하는 의식인 동시에 살아있는 자들의 축제라는 이중적 속성을 갖는다는 점과 상통할 것이다.
[19] 물론 주체의 감각을 통해 얻어지는 것은 죽음 자체가 아니라, 죽음의 이미지일 것이다.

B. 뵘 빛살처럼 눈을 찌르고 사라진 그것은 형체도, 질감도 느껴지지 않는, 다만 무언가 움직인다는 이편의 감각에 지나지 않았으나 정옥은 그때 문득 자신을 이곳으로 이끈 갑작스런 충동의 실체를 본 느낌이다. (153면)

C. 무엇을 본 것일까. 단순히 햇빛에 피어오르는 수증기의 가시 현상인가, 잡초를 뽑는 일과는 무관하게 멀리 가 있는 듯 홀연한 모습 뒤에서 지배하는 보이지 않는 손, 보이지 않는 힘을 본 것일까. (153면)

D. 때때로 예기치 않은 순간에, 그러나 친숙하게 찾아오는 이 느낌의 정체는 무엇일까. (154면)

E. 그때 정옥은 마루 앞에 놓인 안락의자에 웅크린 형체를 보고, 아버지라는 것을 알면서도 괜시리 가슴이 섬뜩해지며 살갗을 차갑게 훑고 지나가는 친근하고 돌연한 느낌에 당황했던 것이다. (154면)

위의 인용문에서 확인하듯, 감각의 대상인 '죽음의 이미지'는 '보다[見]' 계열의 동사나 '느끼다[感]' 계열의 동사와 결합하는 특징을 보인다. '보다' 계열의 동사와 결합할 때, 대상의 지각이 실패하거나[20] '어떤'이란 부정 관형사에 의해 실체가 모호한 것으로 그려진다. 이는 이성의 영역에 가장 가까운 감각인 '시각'을 매개로 '죽음'을 포착하는 것이 불가능함을 암시한다. 인식의 대상은 "예기치 않은 순간에, 그러나 친숙하게 찾아오는 이 느낌", "친근하고 돌연한 느낌"과 같이 모순

---

20) "눈을 뜨자 그것은 순간적인 현기증처럼 사라졌다."(153면)와 같이 대상 인식의 실패나 "눈을 조금만 크게 뜨면 비상식량과 침구와 무기로 채워진 배낭을 걸머진 모습까지도 확실히 볼 수 있을 것만 같았다."(163면)와 같이 미완의 소망형으로 표현될 뿐이다.

적인 두 가지 감각의 결합으로 규정되는 '느낌'으로 지각될 뿐이다. 초반부에 추상적이고 모순적인 감각으로 표상되던 죽음은, '문둥이' '까치' '군인의 행렬'의 비유를 통해 좀 더 구체화되는데, 이 대상을 인식하는 데 있어서 색채어가 중요하게 활용된다.

7

초인종이 갑자기 찌르듯 울렸다. 틈이 버성긴 울짱의 판자 사이로 충분히 안의 기척을 알기도 하련만 잠시의 겨를도 없이 울리는 소리에 정옥은 슬리퍼를 꿰고 뛰어나갔다. 빗장을 벗기자마자 문이 밖에서부터 거친 힘으로 밀리며 검붉은 얼굴 둘이 바짝 다가들었다. 그들은 문을 닫지 못하게시리 문 기둥을 짚고, 온몸으로 열린 틈을 막고 서서 오그라진 손을 내밀었다. (155면)

8

까치는 바람 없어 움직이지 않는 흰빛의 공간을 자유롭게 날았다. 한낮의 적요로움이 쇳빛 날개에 무겁게 얹혀 있었다. 까치는 모둠 발 뛰기를 하듯 묘석에서 묘석으로 옮겨 앉았다. 아이는 그때마다 한껏 걸음을 죽여 다가갔으나 까치는 매번 손끝에서 피어오르듯 아슬아슬하게 빠져 나갔다. 마침내 전의(戰意)를 상실한 아이가 두 팔을 늘어뜨리고 시무룩해지자 까치는 상대가 관심과 흥미마저 잃어버리지 않을 만큼의 여유를 두고 바짝 날아들었다. 이미 상대방을 완전히 파악하고 자신의 묘(妙)로써 그물을 쳐 유인하는 것이다. (178면)

썩어서 훼손되어 가는 문둥이의 신체는 삶과 죽음의 공존을 표상하는 적절한 비유가 된다.[21] 문둥이의 '검붉은' 얼굴은, '붉게' 달아오른

군인들의 얼굴, '붉게' 익은 어머니의 얼굴, 묘지의 파헤쳐진 '황토흙', 여름의 '뙤약볕', '뜨거운 열기' 등과 결합하여 죽음의 이미지를 만들어 낸다. "갑자기 찌르듯" 울린 초인종 소리와 함께 방문한 문둥이는, 죽음의 우연성, 예측불가능성과 갑작스러움을 암시한다. 백동전을 내주며 '목질린' 소리를 내는 '정옥'의 태도는, 주체와 죽음의 관계가 '외재적'[22]이며 죽음 앞에 주체가 철저히 수동적일 수밖에 없음을 보여준다. 즉 "침입해온 다른 세계"(173면)라는 점에서 문둥이와 죽음은 동일한 속성을 갖는다.

일반적인 이미지와 달리, '까치'가 죽음의 은유로 해석될 수 있는 것도 흰색과 검은색의 색채 때문이다. 까치의 등장과 상례를 치르러 온 상제들의 모습이 병치됨으로써, 남자들의 검은 상복과 여자들의 흰 소복의 색상이 까치의 검은색, 흰색의 유사성을 두드러지게 한다. 삶의 생기를 표상하는 아이와 죽음의 상징인 까치와의 관계는, 아이가 처한 철저한 수동성, 죽음의 인지 불가능성을 보여준다. 까치는 "흰빛의 공간을 자유롭게 날"고, 아이가 "한껏 걸음을 죽여 다가갔으나 까치는 매번 손끝에서 피어오르듯 아슬아슬하게 빠져 나"가고 만다. "상대방을 완전히 파악하고 자신의 묘(妙)로써 그물을 쳐 유인"하는 까치 앞에서 아이는 까치를 포획할 수도 없지만 까치로 상징되는 죽음의 운

---

21) 수잔 손택, 이재원 역, 『은유로서의 질병』, 도서출판 이후, 2002, 167-179면 참고. 수잔 손택은 나병이 단지 죽음을 초래할 뿐만 아니라 인간성을 상실하게 하며 신체를 낯선 것으로 변형시키는 질병이기 때문에 두려움의 대상이 되었다고 지적한다. 즉 나병은 인간성/동물성, 친숙함/낯섬의 경계를 허물어 뜨리는 질병이라고 할 수 있다.
22) 엠마누엘 레비나스, 앞의 책, 85면.

명으로부터 벗어날 수도 없다. 까치와 아이 사이의 "꼭 한 걸음만큼의 거리"는 삶과 죽음의 심연을 상징적으로 드러낸다.

주체와 죽음의 '외재적인 관계'는 '울짱' '검문소' '블록' 등의 경계가 허술하며 무용하다는 인식과 연관된다. 소설 초반부에서 '정옥'은 죽음의 이미지를 보며, "울짱이 아득히 멀어지는" 체험을 한다. 안/밖을 경계 짓는 '울짱'이나 '대문'은 "틈이 버성긴" 울타리에 불과하기 때문에 죽음은 울짱과 대문을 넘어와 '집 안'으로 침입해 오게 된다. '검문소'나 무덤을 구획하는 '블록' 또한 삶/죽음의 경계를 상징하는 표지들이지만, '검문소'를 지나면서 '정옥' 일행은 아무런 저지도 받지 않으며 묘지의 '블록'은 "대부분 빠지거나 부서지고 모지라져" 경계의 구실을 하지 못한다.

'정옥'은 삶과 죽음이 명확한 경계를 사이에 두고 분절되어 있을 것이라고 기대했기에, "죽은 자의 절대적 평화와 외로움을 만나리라는 환상"을 품고 묘원을 방문했다. 그러나 묘지행에서 깨닫게 되는 것은, 오히려 삶/죽음의 경계가 확연하게 구분되지 않는다는 사실이다.

⑨
안식묘원. 입구는 <u>갑자기</u> 나타났다. 고대하던 폭으로는 너무 갑자기 나타난 탓에 그것이 이제껏 목적하고 오던 곳이라고 알아차리기에는 시간이 조금 걸렸다. (…중략…) 정옥은 조금 당황했다. 일상적이고 현세적인 삶의 풍경과 확연히 구분 짓는 어떤 표시를 머리에 담고 있었기 때문인지도 몰랐다. 그것은 그녀가 지나는 길의 이어짐에, 등뼈처럼 밋밋하게 누운 산의 또 하나의 갈래에 지나지 않았다. (164면) (밑줄:인용자)

위의 부분에서는 '갑자기'란 부사가 두 차례나 반복되는데, 이는 묘원의 입구가 느닷없이 출현한 데 대한 '정옥'의 당혹스러움을 드러낸다. 즉 죽음이 'D블록 9-3'과 같은 물리적 수치로 구획될 수 없으며, "추리와 탐색"으로 규명될 수 없다는 사실에 대한 당혹스러움이다. 죽음은 주체에 의해 포획 가능한 대상이 될 수 없기에, 주체는 '눈을 가늘게 뜨고' 죽음의 이미지를 감각함으로써 죽음의 실체에 근접하는 수밖에 없다.[23]

(4) 예감과 기대로서의 죽음

「별사」는 '정옥'으로 하여금 집을 떠나게 했던 "갑작스런 충동의 실체"를 찾기 위한 서사, "무엇이 자신으로 하여금 이곳으로 이끌었을까"(193면)에 답하기 위한 서사라고 할 수 있다. 본론 (2)와 본론 (3)의 감각을 통한 죽음의 실체에 접근하기 위한 한 방법이라면, '타인의 죽음'에 대한 관찰과 '그'의 서사는 죽음에 접근하기 위한 또다른 방법이 된다.

'정옥'의 묘원행 자체가 타인의 죽음을 만나기 위한 여정이지만, 못자리에서 내려다보는 장례 절차는 타인의 죽음을 관찰할 수 있는 적절한 계기로 작용한다.

---

23) '눈을 감다' '눈을 크게 뜨다' '눈을 찌푸리다' '눈을 가늘게 뜨다' '응시하다' '눈에 잡히다' '힐끗보다' '눈도 깜박이지 않다'와 같이 '눈'을 매개로 한 행위, 동작 표현이 자주 등장한다. '눈을 가늘게 뜨다'라는 표현이 몇 차례 등장하는데, 이때마다 죽음의 이미지가 현현하게 된다.

전체의 여정											
집	버스	비포장 도로	못자리							내리 막길	절
			탈관	하관	회 다지기	봉분 만들기	떼 입힘	제사	빈관 태움		
			타인의 죽음 절차 (문화적 의식)								

'집→버스→비포장도로→못자리→내리막길→절'의 이동은 '묘원'을 목적지로 삼는 여정이므로, 그 목적이 죽음과의 대면에 있다고 할 수 있다. 하지만 죽음과의 실제적 대면이 이루어지는 것은 아니며, 무수한 죽음의 이미지를 통해 '외재성' '불가항력성' '폭력성' '우연성'과 같은 죽음의 속성들이 밝혀진다. 그런데 여정의 정상(頂上)인 못자리에서 목도하는 장례 절차는 타인의 죽음을 가까운 거리에서 관찰하고 인식하는 계기로 작용한다. '탈관→하관→회 다지기→봉분 만들기→떼 입히기→제사→빈관 태우기'라는 이별(죽음)의 절차를 관찰하면서, '정옥'은 죽음에 일상성과 비일상성이 동시에 내포되어 있다는 사실을 인지한다. 즉 하관 후에 관에 흙을 한 삽씩 떠넣는 의식이 "공식적인 기념식수"의 장면에 비유되고, '회 다지기'를 하는 인부들의 모습은 "움파 솟아오르듯 쑥쑥 자라나"는 춤추는 동작에 비유된다. 반면, 요기롭게 흔들리는 '검은 풀빛'과 묘지를 뒤덮으며 출현한 '까치떼'에 의해 "살갗이 굳는 듯한 두려움"을 느끼기도 한다. 이러한 상반된 감정은 동일한 장소에서 벌어지는 '젯상'과 '원유회의 식탁'의 대조, "계면조의 느린 가락에서 자진가락"으로의 갑작스런 변화만큼의 큰 차이를 갖는다. 그렇다면 문화적 의례의 의장을 두르고 거행되는 타인의 죽음에서 상반된 감정을 느끼는 이유는 무엇인가. 그것은 장

례 절차의 관찰이 타인의 죽음이기 때문이다. '정옥'은 묘비에 새겨진
사람들의 이름과 생몰연대를 보고 놀라면서, 자신이 놀라는 이유가
"사신이 살아 있기 때문일 것이다."라고 고백한다.

죽음의 직접 경험을 가능하게 하는 것은 '그'의 시점에서 서술된 서
사들이다.[24] '정옥'이 '묫자리'를 정점으로 하여 오르막길의 상승, 내
리막길의 하강을 통해 '집'으로 귀환하고 있다면, '그'는 '집'을 나와
'여인숙' '영화관' '가겟집'을 거쳐 '저수지'를 목적지로 한 평면적 이동
을 하고 있다. "어디나 마찬가지라는 생각"으로 자신이 가고 있는 곳
의 지명(地名)에 관심을 기울이지 않는 '그', "어제와 그저께와 또 훨씬
이전, 자신의 몸을 빌어 지나갔을 어느 한 생(生)의 기억과 구별할 수
없는 똑같은 길"을 걷고 있다고 인식하는 '그'의 목적지는 '죽음'이 될
수밖에 없다. 하지만 '그'의 서사에서 '물'과 '갈증/열기' '이상/현실'의
대립적 이미지가 도드라질 뿐 '그'의 죽음은 실현되지 않은 미완으로
끝난다.

그는 늘어놓았던 돌멩이들을 다시 냇물에 던져 넣는다. 냇물의 가운
데 솟은 큰 바위에 부딪쳐 푸르게 석화(石火)가 피며 미미하게 흰 자
국이 남는다. 마지막 돌멩이를 물 속으로 차던지며 그는 일어난다. 부
지런히 걷는다면 저물 때까지는 저수지에 도착할 수 있을 것이다. 그
리고 저수지를 찾아 줄곧 걷노라면 해가 거대한 불덩어리가 되어 지

24) '정옥'의 남편인 '그'가 죽었는지의 여부는 텍스트에서 모호하게 처리되어 있는
것이 사실이다. 그렇지만 '그'가 실종되어 연락이 두절된 상태이며, 현재(백중날)
의 시점에서 '죽음'의 길로 향하고 있다는 점은 분명해 보인다.

평선 아래로 거짓말처럼 떨어져 내리는 것을, 이윽고 밤이 오는 것을 보게 될 것이다. (187-188면)

인용문은 '그'에 시점에서 서술된 서사의 마지막 단락이다. 단락의 마지막 두 문장은 '-ㄹ 것이다'의 미래형 시제를 취하고 있다. 미래형 시제는 '그'의 죽음이 현재의 시점에서 미완이며, 미래에 대한 기대의 형태로 존재함을 보여준다. 죽음에의 도달은 존재의 상실을 전제로 완성되기 때문에, 타인의 죽음이 아닌 이상 죽음은 '과거형'으로 실현될 수 없다. 죽음을 구현하고 있는 '그'의 서사가 현재형, 미래형으로 서술된 까닭은 여기에서 찾아야 할 듯하다. 그러기에 '그'의 죽음은 예감되고 기대되는 미래형의 형태에서 끝나게 된다.[25)]

살펴본 바와 같이, 「별사」는 타인의 죽음에 대한 관찰과 '그'의 서사를 통해서 죽음에 접근하고 있다. 타인의 죽음은 가까운 거리에서 관찰되더라도 '타인'의 죽음이기에 여전히 모순적이고 상반된 감정을 초래할 뿐 객관적, 이성적으로 인식되지 못한다. '그'의 서사는 직접적 죽음이란 점에서 차별성을 갖지만, 미래형의 기대나 예감으로 죽음이 암시될 뿐임을 보여준다.

---

25) 아우구스티누스, 김평옥 역, 『고백록』, 범우사, 2000.
  아우구스티누스는 시간을 "과거의 현재, 현재의 현재, 미래의 현재"로 나누고, "과거의 현재는 기억이요, 현재의 현재는 목격함이요, 미래의 현재는 기대"라고 말한다.

3. 결론

본고는 「별사」에 나타난 죽음의 의미를 논구하기 위해, 서사의 구조를 살펴보는 한편 대립적 문체소의 반복이나 모순된 시제의 사용 등에 주목하였다. '화자의 태도'와 '작가의 세계관'과 직결된 문체가 「별사」의 애매하고 모순적인 부분들을 해명할 수 있다고 기대했기 때문이다. 「별사」는 대립적 문체소의 반복으로 죽음의 이미지, 분위기를 효과적으로 드러낸다. 소설의 시간적 배경인 '백중날'[26]이 망자 추모의 날이자, 살아있는 사람들의 축제란 이중적 성격을 보이는 것처럼, 소설에는 삶/죽음의 대립적 요소가 겹쳐져 있다. 「별사」는 감각적 이미지를 통해 죽음에 접근할 뿐만 아니라, 타인의 죽음에 대한 관찰과 '그'의 서사를 통해서 죽음에 접근하고 있다. 「별사」는 이러한 서술방식을 통하여 죽음이 주체에 의해 명료하게 인식되거나 포획가능한 대상이 될 수 없는 '절대적 타자'임을 효과적으로 보여준다.

__참고문헌

M. 하이데거, 『존재와 시간』, 이기상 역, 까치글방, 1998.
김 현, 「살의의 섬뜩한 아름다움」, 『불의 강』 해설, 문학과지성사, 1977.
김 현, 『현대소설의 담화론적 연구』, 계명문화사, 1995.
김병익, 「세계에의 비극적 비전」, 『월간조선』, 1982. 7.

26) 오현화, 「불교축제로서의 우란분재」, 『어문학교육』 제24집, 2002. 5.

김상태, 『문체의 이론과 해석』, 새문사, 1982.

김인환, 『비평의 원리』, 나남, 1994.

김인환, 『언어학과 문학』, 고려대학교 출판부, 1999.

김치수, 「전율, 그리고 사랑」, 『유년의 뜰』 해설, 문학과지성사, 1981.

김혜영, 「오정희 소설의 이미지 연구」, 『현대문학이론연구』 19, 현대문학 이론학회, 2003.

수잔 손택, 『은유로서의 질병』, 이재원 역, 도서출판 이후, 2002.

신철하, 「性과 죽음의 고리」, 『현대문학』, 1987. 10.

아우구스티누스, 『고백록』, 김평옥 역, 범우사, 2000.

엠마누엘 레비나스, 『시간과 타자』, 강영안 역, 문예출판사, 1996.

오정희, 「별사」, 『幼年의 뜰』, 문학과지성사, 1981.

오현화, 「불교축제로서의 우란분재」, 『어문학교육』 제24집, 2002. 5.

이상섭, 「「별사」의 수수께끼」, 『문학사상』, 1984. 8.

최윤정, 「부재의 정치성-보이는 것과 보이지 않는 것의 변주」, 『작가세계』, 1995 여름호.

황도경, 「빛과 어둠의 이중문체」, 『문체로 읽는 소설』, 소명출판, 2002.

'춘향 이야기'의 현대적 변용

1. 서론

대중의 지속적인 사랑을 받아온 대표적인 고전 작품으로 '춘향전'을 꼽을 수 있다. 수십여 종에 달하는 이본(異本)의 존재와 시, 소설, 연극 및 창극, 영화, 오페라 등으로의 장르적 확장·변용은 '춘향 이야기'[1]의 매력에 대한 충분한 증거가 된다.[2] '춘향 이야기' 300여 년의 장구한 흐름 속에서도 생명력을 잃지 않았던 첫째 요인으로 주제의 보편성을 지목해야 할 것 같다. 우리나라의 '춘향 이야기'와 서양의 고전인 〈로미오와 줄리엣〉은 남녀 주인공의 숭고한 사랑이라는 주제적 유사성, 결연 및 이별(혼사 장애)의 서사라는 플롯의 상사성을 보인

---

[1] 〈춘향전〉의 적층문학적 성격을 고려할 때, 하나의 고정된 텍스트를 확정하는 것은 복잡하고 어려운 일이다. 이 글은 성춘향과 이몽룡의 로맨스를 주된 이야기로 하는 서사물을 편의상 '춘향 이야기'라고 칭할 것이다.

[2] 설성경, 「춘향예술학의 새 지평」, 『춘향전 연구의 과제와 방향』, 국학자료원, 2004, 7면.
   설성경은 서구화, 현대화 속에서도 생명력을 잃지 않고 양식적 확장을 보이며 창조적 재현을 이룩해낸 춘향 예술의 독특한 흐름을 '춘향현상'이라고 칭한 바 있다.

다. 즉 시공을 초월한 공감력을 발휘할 소재로 남녀간의 로맨스를 능가할 만한 것이 없다는 뜻이다. 특히, 능력 있는 남자 주인공과 아름답지만 신분상 결핍이 있는 여자 주인공의 결합은 현대 서사물에서 자주 변용되어 등장하는 '신데렐라'와 '백마 탄 왕자님' 이야기와 닮아 있기도 하다.

하지만 '줄리엣'이나 '신데렐라'의 이미지와 비교하여 흥미로운 부분은 '춘향'의 이미지가 매우 복합적이며 모순적이기까지 하다는 사실에 있다. 춘향은 아름다운 사랑 이야기의 주인공일 뿐만 아니라, 봉건적 신분제의 억압에 저항한 투사이며, 신분 상승에 성공한 입지전적 하층여성이다. 즉 그녀는 연약하면서도 강하고, 전근대적인 동시에 근대적이다.[3] 그러나 일견 모순된 춘향의 이미지는 '춘향 이야기'의 일관성을 해치는 장애가 아니라 매력적인 이야기의 동인으로 작용한다. 왜냐하면 '춘향 이야기'를 향유하는 대중들은 모순적이고 다층적인 춘향의 이미지를 통해 자신의 다양하고 복합적인 욕망을 때로는 드러내고 때로는 감출 수 있었기 때문이다.

따라서 각 시대마다 '춘향 이야기'가 어떻게 변용되어 대중에게 향유되어 왔는지를 살펴보는 작업은 적지 않은 의미를 갖는다. 시대마다 '춘향 이야기'의 세부는 크든 적든 달라지게 마련인데, 그 달라진 판본들은 시대의 무의식적 욕망과 염원을 판독하는 '바로미터'가 될 수 있기 때문이다. 이 글은 광복 이후[4]로 시대적 제한을 두고 '춘향

---

3) 백문임, 『춘향의 딸들, 한국 여성의 반쪽짜리 계보학』, 책세상, 2001, 10면.
4) 개화기에서 광복 이전까지의 '춘향 이야기'를 소재로 한 소설로 이해조의 「옥중화」(1912), 최남선의 「고본 춘향전」(1913), 이광수의 「일설춘향전」(1926)이 있다.

이야기'의 변용을 살펴보고자 하는데, 공연 및 영화 예술계와 비교하여 소설 장르에서의 수용 양상은 소략한 편이다.5) 대표적인 작품으로 안수길의 「이런春香」(1958), 최인훈의 「춘향뎐」(1967), 임철우의 「옥중가」(1990), 김주영의 「외설춘향전」(1994)을 들 수 있다.6)

2. '춘향 이야기'의 변용과 향유

(1) 6·25전쟁 이후 암담한 현실의 반영: 안수길 「이런春香」

제목에 명시된 '春香'이라는 이름과 소설 후반부의 "페터슨은 오구야 말게다. 이도령처럼……"이라는 문장이 아니라면, 이 소설과 '춘향 이야기'의 관련성을 찾는 일은 쉽지 않을 것이다. 이 소설에서 공들여 묘사되는 것은 미국인 병사 '페터슨'을 기다리는 '진주'의 간절한 마음

---

5) 백문임은『춘향의 딸들, 한국 여성의 반쪽짜리 계보학』에서 우리에게 각인되어 있는 열녀(烈女) 춘향의 이미지가 비교적 최근에 형성된 것이라고 주장하며, 춘향의 모습에서 '귀신, 기생, 열녀'의 다채로운 이미지를 읽어낸다. 소설『무정』,『장한몽』, 영화 〈하녀〉, 〈월하의 공동묘지〉 등을 '춘향 이야기'의 변형으로 해석하는 것도 이 때문이다. 〈서사무가〉 기원설에 무게를 두고 넓은 의미의 '춘향 이야기' 를 살펴본 흥미로운 연구이나, 이 글은 춘향과 이도령의 사랑 이야기라는 협의의 '춘향 이야기'에 초점을 맞추고자 한다.
6) 이 글에서 살펴볼 작품은 아래와 같으며 앞으로의 인용은 면수로 대신한다.
　안수길, 「이런春香」,『자유문학』통권20권, 1958. 11.
　최인훈, 「춘향뎐」,『우상의 집』, 문학과지성사, 1976.
　임철우, 「옥중가」,『물 그림자』, 고려원, 1991.
　김주영,『외설춘향전』, 민음사, 1994.

이다. 가령, 물역가게 마당으로 들어오는 미국인을 바라보는 진주의
마음에는 떠오르는 상념은 온통 페터슨에 관한 것뿐이다. '페터슨의
낫세일거야……', '키도 비슷하고……', '그렇지마는 제대를 했을게니
지금쯤은 저런 양복을 입고 다닐거야……' 등등. 소설에서 전후라는
시간적 배경은 대단히 중요한데, 이것이 진주가 미국인 페터슨을 만
나게 된 일차적인 원인이기 때문이다. 양공주 사업을 하는 계모 밑에
서 자란 진주는 페터슨을 만나 운명적인 사랑에 빠져 임신을 하게 된
다. 임신 오개월인 진주를 두고 페터슨은 본국으로 이동하게 된다. 페
터슨은 이도령의 '불망기(不忘記)'에 비견할 만한 약속들을 남기고 진
주를 떠나간다.

> 떠날 때 페터슨이 제대하고는 한국에 나와 살겠다고 했다. 그러기
> 위해서는 애기를 나으면 어미와 함께 찍은 사진을 보내라는 말을 당
> 부하였다. 그것이 한국으로 나와 살게 되는 유일한 근거가 된다고 했
> 다. 대사관에 근무하거나 무역회사 같은데 취직해 나올 수 있다고 했
> 다. 그렇게 되면 얼마나 좋으냐고 페터슨도 희망에 가슴이 부풀었고
> 진주도 계모도 앞날이 환히 티우는 것 같았다.
> 본국에 가서 몇 번 편지가 있었다. 편지마다 애기와 어미의 사진을
> 찍어 보내라는 것이었다. 진주는 영어를 아는 사람에게 부탁해 편지
> 가 올 때마다 빼지 않고 회답을 해주었다. 그리고 마지막 편지가 바로
> 애기를 낳을 사흘 전에 도착되었다. 역시 애기와 어미의 사진을 보내
> 라고 했다. 그러나 다른데 이동이 되게 되었으니 다시 편지가 있을 때
> 까지 그전 주소에는 편지를 하지 말라는 것이었다. (34면)

진주의 안타까움과 무관하게 서술자는 페터슨의 연락이 끊긴 이유에 대하여 무관심으로 일관한다. 피치 못할 사정이 생긴 것인지, 혹은 그의 마음이 변한 것인지 진주는 알 턱이 없다. 서술자는 냉정하고 침착한 서술로 사건의 경과를 알려줄 뿐이다. "그리고는 다시 편지가 없었다. 애기의 첫돌이 지난지도 두 달이 지난 오늘까지⋯⋯" 영악한 계모는 페터슨에 대한 기대를 쉽게 포기한다는 점에서 진주와 다르다. 그녀는 아이를 고아원에 맡기고 벽돌 공장 김주사의 소실로 들어가라고 진주를 위협한다. 〈춘향－이도령－월매－변학도〉의 역할은 각각 〈진주－페터슨－계모－김주사〉에 상응하며, 이에 따라 「이련春香」과 '춘향 이야기'의 상관성도 확연해진다. 진주의 기다림에 초점이 맞추어져 있긴 하지만, 「이련春香」 서사의 뼈대를 이루는 것 역시 '진주－페터슨'의 〈만남－결연－이별〉이다. 흥미로운 지점은 이도령의 역할을 하는 페터슨이 미국인 병사로 설정되어 있다는 부분인데, 이는 전후라는 시대적 배경의 직접적 반영의 결과라고 보아야 할 것이다.[7]

또다른 특성은 전래의 '춘향 이야기'와 달리 「이련春香」은 철저히 비극으로 끝난다는 것이다. 페터슨에 대한 신의와 정절을 지킨 진주에게 돌아오는 실질적인 보상이 없다는 뜻이기도 하다. 그러니까 '춘향 이야기'의 이도령과의 재결합이나 어사또 출두 장면에 해당하는 반전이 소설에는 없다. 물역가게 아들에게 우리말을 배우러 오는 미국인의 등장으로 반전의 기회가 마련되는 듯하지만, 그가 페터슨에게서 온 편지를 가지고 일본으로 전근을 가는 바람에 진주의 절망을 더욱

---

7) 이남호, 「시대의 기록」, 『중·단편집－벼·풍차·망명시인 외』, 글누림, 2011.

두드러지게 한다. 그래서 진주의 간절한 기다림은 오히려 비극의 효
과를 극대화시키는 결과를 가져오며, 소설의 처음에서 마지막까지 반
복하여 등장하는 뒷산 채석장의 다이너마이트 터지는 소리의 상징성
은 의미심장하다.

> "쿵, 쾅" 이날도 채석장 남포가 튀었다.
> "와르르 - -."
> 그 소리를 들으면서 가게로 건너왔다.
> (인젠 편지를 매만지는 기쁨마저도 누릴 수 없는 것인가?)
> 진주는 머리를 가로 저었다.
> (어떻게 연락하던 편지를 찾아와야 된다.)
> 그러자, 다시, "쿠웅, 쾅" 사이를 두었던 남포가 튀었다. 가슴이 유
> 난이 두근거려 지면서 진주는 부르짖었다.
> "페터슨은 오구야 말게다. 이도령처럼⋯⋯"
> 와르르 돌무너지는 소리가 오늘은 어쩐지 가슴을 후련하게 해준다.
> 육이오를 연상시키던 남포소리가 이처럼 속이 후련하게 느껴질때는
> 일찍이 없었다.
> 얼마든지, 튀어라, 문어저라, 싶은 생각이었다.
> 그런 진주의 심정을 아는듯, 남포는 진주뿐 아니라 동네사람들의 복
> 장을 흔들어 놓으면서 적당한 간격을 두고 수무나무방 튀었다.
> "쿵쾅"
> "와르르"
> 채석장 뒷산 넘어로 해가 진지도 한참이 지났다. (38면)

'쿠왕, 쾌앙' 다이너마이트 터지는 소리는 진주의 무너지는 기대감

과 불안 심리를 대변해줄 뿐만 아니라 그녀의 불행이 6·25전쟁과 직
간접적으로 연결되어 있음을 암시한다. 소설의 마지막까지 진주의 기
다림이 포기되지 않기 때문에 비극의 강도는 높아진다. 자학과 절망
에 가까운 '얼마든지, 튀어라, 문어져라'라는 진주의 외침은 그녀의 절
망의 깊이를 대변해준다. 그런데 주인공 진주에 대하여 작가가 보이
는 태도가 흥미롭다. 서술자는 시종일관 냉정한 관찰자의 입장을 견
지하고 있기 때문에 (내포)작가의 태도를 짐작하는 일이 쉽지는 않다.
연민이나 동정의 시선이라거나 풍자나 조롱의 태도라고 섣불리 말할
수는 없다. 하지만 분명한 사실은 〈진주-페터슨〉을 〈춘향-이도령〉
에 빗대고 있는 것이 작가가 아니라 주인공인 진주라는 점이다. 그러
므로 진주의 기다림에 대하여 작가가 어느 정도 비판적 자세를 견지하
고 있다고 보는 게 옳을 듯하다. 즉 백인 병사에 대한 연정을 버리지
못하는 '이런 춘향'에 대하여 작가는 어느 정도 비판적 거리를 취하고
있는 셈이다.

(2) 현실의 위협과 사랑의 위력: 최인훈의 「춘향뎐」

그렇다면 최인훈의 「춘향뎐」에는 '춘향 이야기'가 어떻게 변형되어
나타날까? 「춘향뎐」에서 눈길을 끄는 점은 소설의 어두운 톤(tone)을
빚어내고 있는 시간적 배경으로서의 '밤'이다.

> 춘향은 가장 어두운 중세의 밤을 보낸 여자다. 구월 하순 남원(南
> 原)의 그 밤에 달이 없었다는 뜻에서만이 아니다. 그녀의 마음도 캄캄
> 하였다. (267면)

　　남원옥에서 춘향이 어두운 밤을 새고 있을 때, 한양의 몽룡의 집 안
에서는 그보다 더 어두운 밤을 밝히고 있었다. (268면)

　남원의 춘향이나 한양의 몽룡은 어두운 '밤'과 같은 현실에 처해 있
다는 점에서 비슷하다. 이도령이 떠난 후 수청을 들라는 신관 사또 변
학도의 명을 어겨 춘향이는 남원의 옥에 갇혀 있는 신세이다. 그렇다
면 춘향이를 구원해내야 할 이도령의 처지는 어떠한가. 아버지가 역
적으로 몰려 멸문지화를 당하게 된 몽룡의 처지 또한 춘향의 그것보다
나을 바가 없다. "한양성 이공은 보옵소서. 소녀의 가련한 자식 춘향
이 무도한 사또 강박하야. 어시호 이때를 당하야. 그러하오니 일각지
체 부당하며"라는 구구절절한 월매의 편지를 읽고 이도령은 변사또의
수청을 들도록 충고를 한다. 춘향으로 하여금 현실적인 삶을 살아가
도록 충고하는 것이다.
　여성 주인공인 춘향의 성격이 동일한 반면 남성 주인공인 이몽룡이
캐릭터가 이전과 다르다는 점이 안수길의 「이런春香」과 최인훈의 「춘
향뎐」, 나아가 김주영의 『외설춘향전』의 공통점이다. 명문가의 자제
다운 신의와 도리를 잃지 않았던 과거의 이도령과 대조적으로, 새로
운 판본의 남성 주인공들은 배신자이거나(「이런春香」), 무능력자이거
나(「춘향뎐」), 파락호이다(『외설춘향전』). 남성 주인공의 성격적 결함은
춘향의 구원을 가로막는 중요한 장애물로 작용한다. 남성 주인공의
결함은 여성 주인공인 춘향의 지고지순한 사랑과 비극적 현실을 돋보
이게 한다. 하지만 이도령의 능력 결핍이 「춘향뎐」과 '춘향 이야기'의
다른 점의 전부는 아니다. 서술자는 '원본 춘향전'과 「춘향뎐」의 차별

성을 이렇게 말해준다.

> 여기서 우리는 원본 춘향전과 갈라져야 되겠다. 그 까닭은 이렇다.
> 이튿날 남원 고을에는 큰 변이 난 것이다. 그것은 오래 전부터 소문
> 이 있어오던 암행어사가 출도하여 신관 사또 변학도는 봉고파직이 되
> 었다. (…중략…) 봉고파직이지만 당파 싸움에 몰렸다는 말이 있다.
> 여염집 부녀에게 수청을 강요한 것만 가지고도 폭정이 자명한 것이
> 아니냐고 하기 쉬우나 그것은 우리 생각이다. 우리처럼 인권이 완전
> 히 보장돼서 관에 의한 사생활의 침해가 완전히 없는 현대 한국 시민
> 의 생활 감정으로 재어볼 때 그렇다는 것이고 권력에 갇힌 어두운 중
> 세의 밤을 살던 옛사람들에게는 그 한 가지만 가지고 지방 관장을 좋
> 다 나쁘다 할 수는 없었다는 이야기다. (…중략…) 그것은 변학도가
> 감당할 죄가 아니요 구정권의 이데올로기에 돌려져야 할 화살이기 때
> 문이다. (…중략…) 악역인 변학도에게 가능한 최대한의 공정함을 베
> 푼 다음에 우리들의 사랑하는 주인공들의 문제를 살펴보면 그들의 비
> 극의 보다 진실한 모습이 떠오르리라고 믿기 때문이다. 다시 말해서
> 변학도는 어떻든간에 더 정확히 말해서 변학도가 봉고파직이 돼서 무
> 대에서 사라진 뒤에도 이몽룡 성춘향 양인의 앞에는 여전히 캄캄한
> 밤이 기다리고 있었다는 말이다. (273-275면)

서술자는 합리성을 무기삼아 변사또의 행위를 적극적으로 두둔하고
나선다. 여염집 부녀에게 수청을 강요한 사실만으로 폭정이라는 꼬리
표를 붙이는 것은 인권 운운하는 현대 사회에나 가능한 일이라는 설명
이다. 나아가 그것은 개인이 감당할 죄가 아니며 책임은 구정권의 이
데올로기에 있다는 것이다. 그런데 서술자 주장의 초점은 변학도라는

일개인이 성공적으로 제거되더라도 두 남녀 주인공을 둘러싼 어둠은 사라지지 않는다는 사실에 있다. 오히려 모든 죄를 변학도 개인에게 집중시킴으로써 비극이 쉽게 해결되리라는 거짓된 환상을 불러일으킨 다는 것이다. 과거의 '춘향 이야기'와 달리, 「춘향뎐」의 서술자는 변학 도를 악의 화신으로 몰아붙이지 않는다. 대신에 변학도가 없더라도 춘향과 몽룡의 사랑은 현실의 높은 장벽에 가로막힐 수밖에 없음을 보 여준다. 이도령이 아닌 새로운 암행어사에 의해 변학도가 봉고파직 되지만 현실은 더욱 암담할 뿐이다. 왜냐하면 새로운 암행어사가 춘 향의 수청을 요구하고 나섰기 때문이다. 그런데 소설은 여기서 다시 한번 반전을 연출한다.

    연놈은 밤도망을 쳤던 것이다. (276면)

 아마도 밤도망의 결단은 춘향에게서 나왔을 것이다. 로맨스를 방해 하는 어둠의 장막이 높을수록 사랑의 위력이 커보이므로, 극심한 역 경 속에서도 변하지 않은 두 사람의 순수한 사랑이 돋보이게 되는 게 사실이다. 하지만 최인훈의 「춘향뎐」은 춘향과 몽룡의 야반도주하는 데서 끝나지 않고 후일담 비슷한 이야기를 덧붙이고 있다. 덧붙여진 이야기의 공간적 배경은 소백산맥 기슭이다. 산삼을 캐러다니는 노인 이 골짜기에서 길을 잃고 헤매다가 산모퉁이에서 인가를 만난다. 그 집에는 한 부부와 서너 살쯤 된 사내아이가 살고 있었다. 아낙네는 이 세상 사람 같지 않게 아름다웠으며 산속의 집과 음식은 너무나도 깨끗 하고 달았다. 밤중에 소피를 보러 나온 노인은 남정네와 아낙네의 대화를 엿듣게 된다.

> "씨팔놈의 세상일 알아서 뭐할랍디여?"
> 그러자 웅얼웅얼하는 남정네의 목소리.
> "오매 속 뒤집는 소리 마씨요잉. 효도에도 양반상놈 있습디여?"
> 이번에는 남정네의 대꾸가 없다. 어떤 말끝이었는지는 모르지만 방
> 안의 말소리가 끊어지자 노인은 자기가 엿들은 것이 알려졌을까봐 황
> 급해서 얼른 발소리를 죽여 방으로 들어왔다. 그쪽에서는 더는 기척
> 이 없었다. 노인은 깊이 잠들었다. 꿈에 노인은 산삼을 캐었다. 아주
> 큰 산삼을. 그것은 주인 아낙네였다…… (277면)

　노인은 며칠 후 마을로 내려오게 되고 억울하게 죽은 벼슬아치의 자
손을 찾는다는 소문을 들으며, 그들이 산속에서 만났던 일가라고 짐
작한다. 다시 그 집을 찾아가지만 아무리 헤매도 집은 나타나지 않고,
노인은 대신 굵직한 산삼을 발견하게 된다. 노인은 산속 집에서 보낸
그날 밤을 생각하며 평생 그 일을 입 밖에 내지 않는다. 다분히 환상
적인 분위기를 풍기는 소백산맥 기슭은 유토피아적 공간이라고 볼 수
있다. 중세의 어둠이 훼손시키지 못하는 공간이라는 점에서 유토피아
적이며, 사실성을 결여하고 있다는 점에서 환상적인 공간이라고 할
수 있다. 순수한 사랑이 소백산맥 기슭으로 쫓겨갈 만큼 현실의 위협
은 무서운 것이었다. 하지만 현실의 강고한 그물망을 피해갈 만큼 사
랑의 위력이 대단하다는 역설도 성립한다.

(3) 타락한 정치에 대한 알레고리와 풍자: 임철우 「옥중가」

이 글에서 살펴본 네 편의 작품 중 전래의 '춘향 이야기'로부터 일탈의 정도가 가장 심한 작품이 임철우의 「옥중가」이다. 다른 세 작품에서 춘향의 성격이 굴절되지 않고 있는 반면, 임철우의 「옥중가」는 열녀 춘향의 이미지마저 훼손시키고 있기 때문이다. 관아의 옥에 갇혀 쏟아내는 춘향의 자조적 독백은 다음과 같다.

> 지지리도 못난 이년의 팔자 좀 보아. 대관절 이게 무슨 한심한 청승이란 말인가. 아무리 연극도 좋고 어기지 열녀 시늉도 좋지만, 참말이지 이제 더 이상은 이따위 더럽고 지긋지긋한 옥살이만은 참고 버티어 낼 자신이 없는 그녀였다. 생각 같아서야 당장이라도 자리를 박차고 일어나, 에라이, 될 대로 되라지 하고 아무렇게나 몸을 내맡기고 싶은 충동이 불끈불끈 솟구쳤지만, 어머니 월매와 수십 수백 번씩이나 굳게 다짐한 약속 때문에 차마 그럴 수도 없었으므로, 춘향은 공연히 궁둥이만 들썩들썩 놓았다 내렸다 하기를 되풀이할 뿐이었다.
> "안 되겠어. 이따가 어마 오시기만 해봐라. 당장 이 짓거리를 집어치울란다고 고집을 부려야겠어. 양반 대갓집 안방 차지도 싫고 마님 소리 듣는 것도 다 싫은께로, 지금 당장 돼지우리 같은 옥에서 내보내 달래야지. 아이구, 지긋지긋하고 끔찍해서 못 참겠어!"
> 춘향은 되새길수록 절로 짜증이 북받치고 분이 끓어오르는지, 콧김을 식식 불어 대면서 혼자 어둠 속에서 종알거렸다. (286면)

「옥중가」의 춘향에게서 남다른 절개라든가 열녀의 흔적을 찾는 일은 불가능하게 되었다. 당장이라도 지저분한 감옥을 벗어나고 싶은

충동에 들끓는 춘향은 되바라진 일개 계집아이에 불과하다. "사실상
춘향은 이몽룡이에게 남다른 정을 한때 주긴 했으되, 그렇가도 장차
제가 진실로 양반 대 정실로 들어가 터억 안방 차지를 하게 될 것이리
라고 애초부터 철석같이 믿었던 건 결코 아니었"을 정도로 영악한 여
성이다(294면). 그나마 지금의 열녀 이미지를 유지할 수 있었던 것도
비상한 두뇌의 소유자인 어머니 월매 덕분이다. 억울한 생각에 이도
령이 떠나거나 말거나 상관도 하지 않던 춘향에게 월매는 현실적인 충
고를 한다.

> "이 답답한 것아. 누가 그걸 몰라? 그렇지만 그까짓 자존심이 밥 먹
> 여 준다드냐. 더 눈을 크게 뜨고 앞날을 보는 사람이 종내는 이기는
> 법이니라. 지금 당장이야 때려 줘여도 시원찮겠지만, 그동안 저치한
> 테 들인 아까운 밑천 생각을 해서라도, 마지막까지 잘해서 보내 주어
> 야만 한단 말이다. 만에 하나, 저치가 소경 문고리 잡는 요행으로라도
> 장원급제를 할지도 모르는 일 아니냐. 내 일전에 용한 점쟁이한테서
> 책방도령의 사주를 본 적이 있다만, 그치가 생긴 것하고는 달리 조상
> 덕으로 관운이 대길하다지 뭣이냐. 만약 그리만 된다면야, 너한테 죽
> 을 둥 살 둥 모르고 홀딱 빠져 있는 사람인, 언젠가는 네 소원대로 너
> 를 덥썩 안아다가 안방마님으로 들여앉혀 줄 지 누가 알겠느냔 말이
> 다. 그러니, 하다못해 거짓 시늉으로라도 그럴듯하게 작별을 해주란
> 말이여, 알겠냐?"(296면)

그런데 이도령이 정말로 장원급제를 했다는 소식을 접하게 된다.
월매와 춘향은 열녀를 연기하게 되는데 그 연기의 상연 장소가 바로

'감옥'이다. "정절 높은 열녀"라는 가짜 이미지를 가지고 술장사를 한 이력을 감추기 위해서이다. 일대기적 구성을 취하고 있는 『외설춘향전』을 제외한 세 편의 소설은 모두 '감옥'에서 이야기를 시작하고 있다. 남원 감옥에서 이야기가 시작되는 「춘향뎐」과 「옥중가」는 실질적인 감옥을 배경으로 하고 있으며, 「이런春香」의 경우 진주의 현실을 고려할 때 은유적 의미의 감옥이라고 말할 수 있다. 하지만 「이런春香」과 「춘향뎐」의 감옥이 시련과 억압의 장소인 반면, 「옥중가」의 감옥은 철저한 연극의 공간일 뿐이다. 하지만 전래의 '춘향 이야기'에서 감옥이 자질의 변환을 가져오는 신성한 공간이자 재생의 공간으로 기능하는 반면, 세 작품에서 감옥을 거쳐감에도 불구하고 인물들은 어떤 자질적 변환을 이루어내지 못한다. 즉 암행어사 출도와 같은 기적이 일어나지 않는다는 것이다. 「이런春香」과 「춘향뎐」에서 기적(혹은 보상)의 부재가 춘향에 대한 연민과 동정을 유발한다면, 「옥중가」의 기적의 부재는 부정적 인물들에 대한 풍자와 조롱을 가져온다.

　'열녀 시늉'에 대한 대가를 얻는가 싶었지만 일은 엉뚱하게 전개된다. 이도령의 장원급제는 심사위원 변 판서의 사팔뜨기 외동딸과 혼인하는 대가로 얻어졌다는 것이다. 게다가 변 판서와 변학도가 가까운 친척인 관계로 남원에서의 암행어사 출도는 불가능해졌다는 것이다. 이러한 상황에서 속물인 월매와 춘향의 선택은 '차선책'을 택한다. 즉 "꿩 대신 닭"이라는 심정으로 변사또를 선택하는 것이다.

　　"오냐, 그래 그래, 잘 생각했다. 꿩 대신 닭이라고, 참말로 〈확실하게〉 선택 잘했다. 잘했어. 아암. 날이 밝는 대로 변 사또 나으리께 달

려가서, 우리 춘향이가 드디어 마음을 〈확실히〉 비웠노라고, 이 기쁜
기별을 아뢰어 드릴란다. 흐흐흐홋. 아이고 참, 내 정신 조까 봐라아.
얼른 집에 가서 향단이 년보고 춘향이 네 목욕물부터 따끈따끈하게
데워 놓으라고 시켜야겠다이!"(306면)

현실적 고난과 유혹 앞에서 쉽사리 지조와 절개를 버리는 춘향과 월
매는 철저히 부정적인 인물이다. 〈확실한〉 차선을 선택하는 그들에게
독자들은 암묵적인 비난과 조롱을 보내게 된다. 3당 합당 직후에 씌어
진 이 소설의 의도는 분명해 보인다. 임철우는 타락한 정치 현실을 비
판하기 위한 전략으로 새로운 성격의 춘향을 창조하였던 것이다.

(4) 중세 이데올로기에 대한 비판: 김주영 『외설춘향전』

『외설춘향전』의 제목은 의도적인 이중성을 내포하고 있다. 즉 마치
'외설(外說)'인지 '외설(猥褻)'인지를 모호하게 만들고 있다는 것이다.
물론 다음의 〈작가의 말〉을 보건대, 제목은 전자의 의미로 읽혀야 할
듯하다.

이 「춘향전」을 다시 써보겠다고 마음먹고 난 뒤 필자가 주안점을 둔
것은 이 작품이 가지고 있는 기본의 틀을 크게 허물지 않고 이른바 사
실(事實)과 사실(寫實)을 보다 극명하게 묘사하자는 것이었다. 예를
들면, 구름잡는 식의 장황한 사설의 나열은 될수록 삼가고 그들의 실
제 생활환경에 걸맞는 사실적(事實的) 언어나 관습을 밀도 있게 표현
하려 했던 노력과, 변학도란 인물에 대한 다양한 규명과 해석이 가능

하도록 길을 터놓는 것과, 또한 성참판의 본처였던 최씨부인을 등장
시킴으로써 춘향의 어미인 월매에 대한 해석도 달리할 수 있는 가능
성을 배제시키지 않았다. 장돌림이란 사람도 종래의 「춘향전」에선 등
장하지 않았던 인물이었다. 더불어 양반계급과 상민계급 사이에 있었
던 이른바 아전들의 굴욕과 애환이 소상하게 그려진 것도 여느 「춘향
전」과 다른 점이다. 특히 필자는 이 소설에서 이몽룡에 대한 인생관이
나 가치관에 상당한 의구심을 두었는데, 그것은 조선시대 대부분의
사대부들이 벼슬길에 오르지 못하는 이상 아무짝에도 쓸모없는 무기
력한 인간으로 남아야 했던 양분화된 사회상에 근거를 둔 것이다.
(335면)

작가는 서사의 개연성을 확보하는 이야기의 생동감을 불어 넣기 위
하여 사실적인 언어의 결을 살리는 데 힘쓰는 한편 '최씨부인', '장돌
림' 등의 새로운 인물을 창조했다고 설명한다. 『외설춘향전』에도 어사
또 출도 장면은 등장하지 않을 뿐만 아니라 이도령의 과거 급제 자체
가 부정된다. 작가는 이도령을 파렴치한 색골, 경박한 '파락호' 이상으
로 묘사하지 않는데, 이는 조선시대 사대부에 대한 작가의 강한 불신
을 반영한 것이다.

서울 남산골에 살고 있는 변학도가 남원이 색향이란 것을 알고 있는
것은 놀라운 일이 아니로되 남원에 춘향이가 있다는 것까지 시시콜콜
눈치채고 있다는 사실은 놀라운 일이었다. 그러나 알고 보면 그것은
그렇게 놀라운 사실도 아니었다. 남원을 발행하여 서울에 당도한 이
몽룡은 당도한 사흘째 되던 날부터 동접배들과 어울려 색주가를 뻔질
나게 드나들면서 남원에서 겪었던 춘향이와의 일을 자랑삼아 떠벌리

고 다녔다. 심지어 춘향의 자색도 가위 국색이거니와 요분질에도 따를 만한 계집이 없다고 과장되게 지절거리고 다녔기에 서울에서 이름 자하다는 색주에서 뒹굴고 있는 놈팽이들 치고 남원 춘향이를 이름 들어 알고 있는 사람은 여럿이었다. 이몽룡도 서울 당도해서 춘향을 안위시키는 간찰 한 장 띄워주고는 서울 색주가 출입에만 동분사주하고 있었다. (117면)

인용문은 서울의 변학도가 남원 춘향이의 자색을 알게 된 사정을 설명하고 있다. 서울에 도착한 지 사흘 만에 색주가를 드나들며 춘향이를 떠벌인 이몽룡에게 순수한 사랑이나 남녀간의 의리를 기대하는 게 불가능하다. 「이런 춘향」의 '페터슨'이나 임철우의 「옥중가」, 최인훈의 「춘향뎐」의 이도령에 비교할 때, 『외설춘향전』의 이도령의 타락 수준은 심각하다고 할 수 있다. 사회적, 경제적으로 무능력한 춘향의 아버지 성참판, 재력으로 벼슬을 구매하는 변학도 등의 인물 또한 양반층에 대한 부정적 인식을 반영한다. 반면 정절을 지키는 춘향과 양반의 허위를 폭로하는 장돌림은 긍정적 인물의 역할을 맡는다. 『외설춘향전』에서 생동하는 인물 묘사가 돋보이고 조선 후기 신분제의 모순과 동요를 잘 드러내 주는 것이 사실이지만, 이는 『외설춘향전』의 현재성이 삭감되는 원인으로 작용하기도 한다. 즉 『외설춘향전』이 발표된 1990년대 중반의 어떤 현실을 반영하고 있는가 하는 '당대성' 혹은 '현재성'을 고려하면 작품의 의미가 불명확하다는 한계를 드러낸다.

3. 새로운 '버전'을 기대하며

　선남선녀의 사랑 이야기라는 보편적인 주제 덕분에 '춘향 이야기'는 지속적인 사랑을 받으며 여러 장르로 변용·수용되어 왔다. 이 글은 현대 소설에서 '춘향 이야기'가 어떻게 새로운 이야기로 거듭났는지를 간략하게 살펴보았다. 과거 '춘향 이야기'와 현대 '춘향 이야기'는 결말 부분에서 확연한 차이를 보인다. 즉 현대 소설에는 '만남과 결연－이별과 시련－재결합'의 서사 진행 과정 중 마지막 '재결합'의 장면이 등장하지 않는다. 과거의 춘향이는 '감옥'에서 성공적인 '이별과 시련'의 시간을 보냄으로써 '열녀' 혹은 '정경부인'이라는 보상을 얻게 된다. 암행어사 출도의 외침은 고난의 종결을 알리는 팡파레였다. 하지만 현대소설은 이런 식의 안이한 낙관주의, '해피 엔딩'의 결말을 허용하지 않는다. 춘향은 감옥 같은 현실에 그대로 갇혀 있거나(「이런春香」), 다른 남성의 위협으로 밤도망을 가게 되거나(「춘향뎐」), 다른 남성의 요청을 받아들이는 수밖에 없다(「옥중가」, 『외설춘향전』).

　그러므로 신성한 재생의 장소였던 '옥(獄)'은 과거의 '춘향 이야기'에서와 같은 역할을 하지 못한다. 그저 지저분하고 더러운 현실의 반영일 뿐이다. 현대의 작가들은 개인적인 인내와 극기로 현실의 감옥을 뛰어넘을 수 있다는 식의 순진한 전망을 드러내지 않는다. 합리적, 이성적 사회에서 순진한 낙관주의는 조롱의 대상이 될 뿐이다. 또한 현대 소설에 오면 '선/악 이분법'의 구도가 포기되는 양상을 보인다. 가령, 현대 소설은 변학도가 정말 나쁜 관리였는지, 춘향이가 감옥에서의 온갖 고초를 겪었던 이유가 정말 사랑 때문이었는지, 이몽룡의 장원급제가 가능한 일인지 질문해 보게 한다. '춘향 이야기'에 대한 숱한 질문이 가능하다. 그 질문은 '지금—이곳'의 현실에 대한 해석과 관련된 것일 터이며, 묻고 있는 자의 욕망을 어떤 식으로든 반영하게 마련일 것이다. 그런 까닭에 '춘향 이야기'가 더 새로운 〈버전〉으로 재탄생할 것이라고 기대해 본다.

__참고문헌

김주영, 『외설춘향전』, 민음사, 1994.
백문임, 『춘향의 딸들, 한국 여성의 반쪽짜리 계보학』, 책세상, 2001.
설성경, 「춘향예술학의 새 지평」, 『춘향전 연구의 과제와 방향』, 국학자료원, 2004.
안수길, 「이런春香」, 『자유문학』통권20권, 1958.11
이남호, 「시대의 기록」, 『중·단편집─벼·풍차·망명시인 외』, 글누림, 2011.
임철우, 「옥중가」, 『물 그림자』, 고려원, 1991.
최인훈, 「춘향뎐」, 『우상의 집』, 문학과지성사, 1976.

여성소설의 문법과 딜레마

-전경린 소설을 중심으로

1. 서론

1990년대 두드러진 문학현상 중 하나로 '여성소설의 약진'을 들 수 있다. 그 이전까지 주변이나 예외로 취급되던 여성소설가와 여성소설들이 1990년 이후, 문학의 중심으로 자리 잡게 된다. 여성소설(가)의 비약적 발전은 1980년대 말에서 1990년대 초의 정치사회적 현실과 긴밀한 관련을 갖는다. 1990년대는 거대담론의 붕괴로 '내면'이나 '일상', '환상'과 같은 주변적인 것이 주목되고 재호명되던 시기이다. 1990년대가 되면서 이전 시기에 여성소설의 약점으로 지목되던 것들은 특장으로 재인식된다.

하지만 여성소설의 호황에 대해서 비판의 목소리가 없는 것은 아니다.[1] 여성소설과 상업주의의 결탁, 여성소설의 상투성과 통속성에 대한 비판이 그것이다. 이 글은 여성소설이 중심으로 진입하기 시작하던 시기에 등장하여 1990년대 후반 영향력을 끼쳤던 전경린의 소설을

---

1) 정혜경, 「성(性) 서사의 습관」, 『매혹과 곤혹』, 열림원, 2004.

검토하고자 한다. 전경린²⁾은 이 시기 대표적인 여성작가일 뿐만 아니라, 전경린의 소설은 여성소설의 문법과 한계를 전형적으로 보여주는 사례이기 때문이다. 전경린에 대한 검토를 통하여 여성소설이 안고 있는 몇 가지 딜레마와 그 극복 방안을 점검할 수 있기를 기대한다.³⁾

2. 여성 정체성의 탐색

(1) 기호로서의 숫자 3

전경린은 다양한 주제를 탐사하는 작가가 아니다. 작가의 관심은 30대 여성의 삶에 줄곧 머물러 있었다. 다양한 여성의 삶이 그려지는 것도 아니다. 주인공은 비슷한 성장과정을 거쳐서, 고만고만한 불행과 고민과 꿈을 가진 평범한 인물에 불과하다. '미소' '미나' '미아' 같이 양순한 이름을 부여받은 그녀들은 평범한 가정에서 태어나 얌전하고 착한 딸로 성장한다. 대학에 입학해서 예민한 남자와 사귀지만 그들과의 만남은 결혼으로 이어지지 못한다. 한두 번의 실연을 거친 그녀는 25살쯤 되면 지극히 평범한 남자와 결혼한다. 전업주부가 된 그

---

2) 이 글에서 살펴볼 전경린의 소설은 다음과 같으며 인용은 면수로 대신한다.
　전경린, 『염소를 모는 여자』, 문학동네, 1996.
　전경린, 『메리고라운드 서커스 여인』, 이수, 1999.
　전경린, 『난 유리로 만든 배를 타고 낯선 바다를 떠도네』, 생각의 나무, 2001.
3) 이 글 본론의 논의는 정재림, 「삶, 버릴 수도 없고 버틸 수도 없는 모순」, 『작가와 비평』, 2005 봄호를 수정한 것임을 밝힌다.

녀들은 출산과 양육과 가사를 전담하며 서서히 늙어간다. 그런데 문제적인 것은 30세나 33세쯤이 되면 그녀들은 '나는 누구인가'라는 질문에 휩싸인다는 점이다.

> 이곳은 어딘가. 나는 왜 이곳에 있나. 나는 너무 오래 이곳에 앉아 있었다. 혼자서 필름이 끊긴 어두운 극장에 앉아 있는 나.
>
> ─「새는 언제나 그곳에 있다」

이 고백이 과장된 포즈나 엄살로 느껴질 수도 있다. 이 물음이 진정한 존재론적 고백으로 인정되기 위해서는 인물들이 이러한 의문에 사로잡히게 된 논리적 이유가 설명되어야 한다. 하다못해 고부간의 갈등이나 남편의 외도라도 전제되어야, 우리는 자기정체성을 찾는 그녀의 질문에 불편함을 덜 느낄 것 같다. 하지만 작가는 이런 식의 친절을 베푸는 데에 인색하다. 단지 며칠 염소를 돌보다가, 혹은 고통스런 젊은 시절을 보낸 도시를 지나다가, 우연히 본질의 문제와 대면하게 되는 것이라고 말하는 듯하다.

군이 이유를 찾자면, 그 답은 그녀들의 나이에 암시되어 있는 것 같다. 소설 속 주인공들의 나이는 거의 예외 없이 30세 혹은 33세이다. 전경린은 숫자를 상당히 의식하면서, 소설을 쓰고 있는 게 분명하다. 가령, 〈염소를 모는 여자〉의 주인공 '윤미소'는 '서른세' 살 먹은 여자인데, '석' 달 전부터 '세' 명의 남자에게 이상한 전화를 '세' 번 받은 후, 염소를 맡아달라는 이상한 남자를 만난다. 또 〈여자는 어디에서 오는가〉의 '여자'는 "무덤이 가득한 묘지를 '세'번 지나고, 계곡을 '세'번 지나, '세'번째 폭포에 다다"랐을 때, 자기가 어디에서 왔는지를 알게 된다.

그렇다고 숫자에 어떤 의미를 부여하는 것은 억지스럽다. 숫자는 의미가 부재한 '기호'[4]에 가깝다. 전경린 소설에 자주 등장하는 3, 33, 13 등의 숫자들은 대개 그러한 것들이다. 숫자의 기의가 중요한 것이 아니라, 도처에 뿌려진 숫자들과 만나면서 운명처럼 존재물음에 휩싸인다는 게 중요할 뿐이다. 기호에 불과한 이 숫자들은 그녀들의 일상적 삶에 틈을 만들고, 안온한 삶에 상처를 입히며, '나는 누구인가?' '나의 욕망은 무엇인가?'와 같은 질문에 사로잡히도록 강요한다.

(2) 양부의식과 아버지에게서 벗어나기

30세 혹은 33세의 그녀는 문득 자신의 욕망이 거짓 욕망임을 깨달으며 '나는 누구인가'라는 질문에 휩싸인다. 그런데 주의할 바는 그녀의 통찰이 마치 스크린 위에 필름을 투사시키듯이, 지난 삶을 돌아보는 과정에서 얻어진다는 것이다. 여기에서 발견되는 것이 양부의식(養父意識)이다.

> 이 사회의 지배 구조는 친딸에게조차 불공정하고 억압적이고 기만적이고 차별적이며 편의 위주이다. 그러므로 딸의 생에 대한 진정한 자각이 없는 세상의 모든 아버지는 양부이며 그들의 양육은 양부의 양육이고, 그들의 교훈은 양부의 교훈인 것이다. 말하자면, 우울하게도 우리는 대부분 양부의 딸이다.
> —『난 유리로 만든 배를 타고 낯선 바다를 떠도네』, 204-205면.

---

4) 기호에 대해서는 들뢰즈, 서동욱 역, 『프루스트와 기호들』, 민음사, 1997 참고.

「새는 언제나 그곳에 있다」의 '나'는 30세가 되는 생일날 밤 눈물을 흘린다. '나'는 자신이 "오랫동안 나쁜 양부의 거짓말로 길러진 고아" 임을 깨닫고서, "나의 욕망은 어디에 있는가"라고 질문한다. 아버지는 '나'에게 '미나'라는 부드러운 이름을 지어주고 그에 어울리는 예쁜 드레스를 입혀 교태로운 춤을 추게 했다. 「안마당이 있는 가겟집 풍경」 「남자의 기원」의 아버지 역시 딸들에게 같은 교훈을 가르치는 의붓아버지들로, '미나'를 비롯한 그녀들이 아버지에게 배운 것은 "꾸며진 여성의 아름다움으로 자신의 욕구를 기만"하는 것뿐이다.

자신의 자아와 욕망이 의붓아버지의 교훈으로 길러진 허구임을 발견한 이후 딸은 양자택일을 해야 한다. 즉 모욕을 참고 견디며 살아가는 것과 아버지의 법을 버리고 새롭게 사는 것 중 하나를 선택해야 한다. 「고통」은 전자를 선택한 인물들이 걷게 되는 길을 보여준다. 소설은 30대의 화자가 10년 전을 회상하면서 시작한다. 대학을 졸업한 '여자'는 아버지의 주선으로 지방 도시 중학교의 교사로 부임하였고, 남자 친구 '상희'는 학내 시위를 주도한 혐의로 경찰서에 수감되었다. 현실 세계의 상징인 아버지, 교장, 기관원은 '상희'와의 이별을 강요한다. '여자'는 꽃들을 보면서 모순된 감정을 느끼며 괴로워한다.

> 여자는 인적조차 드문 고요한 주택가와 담장에 핀 풍성한 꽃들과 마주칠 때면 알 수 없는 고통을 느꼈다. 두려워 도망치고 싶으면서도, 한편으로는 지그시 기다려지기도 하는 겹겹이 둘러싸인 쓰라림. 여자는 꽃들 속에서 자신의 어두운 운명을 예감했다.
>
> -「고통」

아버지의 세계는 안정을 보장하는 대신에, 질서 바깥의 불온한 열정을 포기할 것을 요구한다. 아버지의 세계 앞에서 '여자'는 "두려워 도망치고 싶으면서도" 한편으로 그것을 받아들이고자 한다. 질서에의 진입 여부를 놓고 갈등하던 '여자'는 '상희'와 이별하고 아버지의 뜻을 따라 부유한 남자와 결혼한다. 결말 부분에 모호하게 처리된 '상희'의 죽음은 진정한 자아의 죽음을 상징한다. 질서와 체제로의 편입은 진정한 자아의 희생을 요구하기 때문이다. '여자'는 욕망을 포기하고 안전한 체제에 안주하는 대신, "회한 때문에 구겨진 알루미늄 호일처럼 참혹하게 손상"되어간다. 아버지의 세계를 받아들이는 삶은 안전한 것이긴 하지만, 황폐하고 건조한 껍데기에 불과한 것임으로 보여준다.

친아버지가 의붓아버지임을 깨달을 그녀들, 자신의 욕망조차 조작된 가짜 욕망임을 알아챈 그녀들은, 이제 아버지가 만든 모든 체제와 제도를 넘어서고자 한다. 그녀는 여러 가지 방식으로 아버지의 법을 위반하는데, 대표적인 방법으로 가출과 불륜을 꼽을 수 있다.

「염소를 모는 여자」는 위반의 한 축을 차지하는 가출 모티프의 의미를 잘 보여주는 작품이다. 주인공 '미소'는 "풍문으로만 들어 온 33세 먹은 여자"가 되어 자신의 본질 앞으로 호출된다. 이 작품의 특성은 이전의 삶에 대한 정보를 간소화하고, 대신 현재적 삶의 황폐성과 그에 따른 결단에 초점을 맞추고 있다는 점이다. 그녀는 한때 "날개라도 돋힌 것처럼 자유로운 존재"를 꿈꾸어 본 적도 있지만, 현재는 모든 욕망을 상실하고 잠 속으로만 도피한다. 그러나 잠 속으로만 도망치던 '미소'는 염소의 울음에 끌려 본질 앞으로 나아오게 된다. 염소가 새어머니의 '영혼의 성소'라고 믿는 한 남자의 부탁으로 염소를 돌보기 시작하면서, 겉으로 평온해 보이던 그녀의 일상은 균열을 일으키기 시작한다. 염소는 그녀가 상실한 꿈의 세계를 환기하고, 그녀의 집이 '이미 오래 전에 훼손된 집'임을 각성시킨다. 다소 과장스럽게 표현된 박쥐 우산 청년의 잠언 역시 같은 역할을 한다. 비현실적으로 느껴지는 염소의 출현, 박쥐 우산 쓴 청년, 염소를 맡아달라고 애원하는 남자는 모두 상징적으로 이해되어야 한다. '미소'에게 일어난 비현실적인 일들은 실상 그녀의 내면에서 일어나는 부단한 작용으로 보아야 하기 때문이다.

영혼의 상징인 '염소'에게 이끌려 자기 진실에 도달한 그녀는 가출을 선택한다. 야생의 염소가 아파트에서 사는 것이 불가능하듯, '미소' 역시 '훼손된'에 더 이상 머물 수 없기 때문이다. 하지만 그녀의 가출은 자발적인 출분인 동시에, 아버지에 의한 추방이기도 하다. 미소가 집을 떠나는 장면은, 박쥐 우산을 쓴 청년이 엠뷸런스에 실려가는 장면과 겹쳐진다. 아버지의 자식으로 인정될 수 없는 비이성이 정신분열증이란 병명을 얻고 집에서 쫓겨나듯이, 아버지의 질서를 거부한 미소 역시 '염소'를 앞세우고 '우산'을 쓴 채 집 밖으로 추방될 수밖에 없는 것이다.

「환과 멸」은 위반의 양상이 가출로 그치지 않고 죽음으로 치받는 극단적 양상을 보여준다. '나'에게는 동생 '진'의 죽음에 대한 회한이 짙게 드리워져 있다. '진'은 이란성 쌍둥이로 태어났다. 아들을 기다리다 쌍둥이 딸을 낳자 어른들은 둘 중 하나를 남자애로 키우기로 결정하고 그 역할을 '진'에게 부여한다. 엉뚱한 역할에 의해 '진'은 남자도 여자도 "아무것도 아닌 것쯤"으로, 즉 자신의 욕망과는 무관하게 길러진다. 자신의 삶이 연기에 불과한 삶임을 일찍 간파한 '진'은 아버지에게 노골적인 적대감을 드러낸다. '진'은 아무리 가혹한 매질을 당하더라도 자신을 자신으로 살지 못하게 한 아버지에게 머리를 숙이지 않는다.

반면 질서와 법률의 상징인 아버지는, 폭력적인 매질을 통해서라도 자신을 거부하는 '진'을 순종하는 딸로 만들고자 한다. '진'은 자살을 선택함으로써 아버지와 사이의 반목과 갈등을 일방적으로 종결짓는다. 자살은 아버지의 세계(삶의 세계)에서 벗어난다는 점에서 가출의 변형이며, 결코 돌아올 수 없는 떠남이란 점에서 극단적 일탈이다. '미소'의 가출과 마찬가지로 '진'의 자살 또한, 자발적 선택이자 강요된 추방이란 이중적 의미를 갖는다.

이제 위반의 나머지 한 계열인 불륜의 모티프를 살펴보자. 아버지의 법에 도전하기 위해 불륜이란 무기를 동원하는 것은, 흔한 소설적 방법이긴 하지만 여전히 효과적인 전략이기도 하다. 문명사회에서 최초로 발생하는 금기가 근친상간의 금기란 점은, 질서와 성(性) 사이의 긴밀한 관계를 암시한다. 문명사회에서 질서를 파괴하는 근친상간이 엄중한 처벌의 대상이 되듯이, 결혼 제도에서 벗어난 성적 본능은 질서의 규율 대상이 된다. 위반 욕망으로 들끓는 그녀들이 빈번하게 남편 아닌 남자를 욕망하는 이유가 무엇인지는 이런 점에서 설명될 수 있다.

　　내가 이토록 속도를 위반하며 아마조네스처럼 내달리는 것은 혼돈 속에서나마 나를 허용함으로써, 세상의 질서를 위반하려는 의지를 갖

고 있기 때문일지도 모르겠다. 나는 나를 위반하려 하기 때문에 이 순
간 빗자루를 탄 마녀처럼 자신만만한 것이다. 성적인 위반이란 어쩌면
우리 생의 어떤 성공보다도 거대한 자기 성취감을 동반할 수도 있다.
              ─「남자의 기원」

  인용 부분은 위반에 대한 욕망이 어떤 회로를 거쳐 성적 충동과 연
결되는지를 보여준다. '나'는 속도의 위반을 성적인 위반과 연결시켰
다가, 다시 둘 모두를 '질서의 위반'으로 일반화한다. 그리고 '성적인
위반'이 처벌을 두려워하지 않고 자기 몸을 던지는 위반이라는 점에서
"어떤 성공보다도 거대한 자기 성취감을 동반"할 수 있다고 말한다.
즉 소설의 인물들에게 가출이 위반의 방식이듯이, 불륜도 위반의 실
천 방법이라는 논리이다. 그래서 아버지의 법을 위반하고자 하는 그
녀들은, 남편의 친구와 정사를 벌여도, 옆집 남자와 사랑에 빠지더라
도, 심지어 두 남자를 속이고 동시에 관계를 갖더라도, 일말의 죄책감
이나 양심의 가책을 받지 않는다. 때문에 행실이 단정치 못한 그녀들
에게 윤리의 잣대를 들이대는 것은 무의미하다. 완고한 질서에 대한
반항과 거부로서 성적 위반이 시작되었기 때문이다.

3. 잃어버린 낙원과 비극의 시작

  그렇다면 가출과 불륜의 궁극적 지향점은 어디인가가 묻지 않을 수
없다. 그녀들의 최종 목적지는 '잃어버린 낙원'이다. 하지만 그곳은
'기억이나 상상' 속에만 존재하는, 결코 돌아갈 수 없는 공간이다. 「안

마당이 있는 가겟집 풍경」은 유년시절의 기억에 보존되어 있는 낙원
의 편린을 보여준다.

> 야야야 야야야 차차차 차차차아— 기타소리 땡땡땡, 트위스트 춤을
> 춥시다—
> 사촌 동생들과 나와 동생들이 안마당에서 노래하며 춤을 춘다. 그러
> 면 안마당가에 세들어 살던 홀아비 장씨와 월림 아지매 부부와 인천
> 댁인 어긋지기 숙모가 나와 창고 양철문 앞에 쪼그리고 앉거나 칫솔
> 을 들고 치약을 묻힌다. 그리고 웃는다, 모두 모두 짜르르 웃는다.
> ─「안마당이 있는 가겟집 풍경」

몇 차례 반복되는 이 장면은 잃어버린 낙원의 원형을 보여준다. "세
상에 대해 아무것도 몰랐던 그때"이며, "엄마와 내가 아직 분리되지
않은 한 몸"이었던 시절이다. 하지만 주인공이 성장의 지점들을 거쳐,
세상을 이해하기 시작하면서 그곳은 돌아갈 수 없는 시간 혹은 공간이
되어 버렸다. "그런 때는 우리 일생에서 꼭 한번뿐인, 강물 위로 마구
풀려나간 아까운 실타래처럼, 한번뿐인 어느 한때인 것이다."

「거울이 거울을 볼 때」는 유토피아의 구체적 성격을 보여준다. 내
면의 목소리로 짐작되는 'L'은 '나'에게 말한다. "넌 너가 아니다." "넌
누군가의 흉내를 내고 있는 거니?" 'L'은 '나'가 거울에 비친 피사체를
자신으로 착각하고 있다고, '나'의 욕망이라고 믿는 것은 실제로는 피
사체의 욕망에 불과하다고 비난한다. '나'는 자신이 의지와 무관하게
'거울의 감옥'에 갇히게 된 과정을 개인의 역사 안에서 살피고 있다.
역사의 첫 페이지에는 '거울없는 세계'가 있었다. '거울없는 세계'의

마을은 "어른들이 모두 들로 나가" 텅 비어 있었고 거기에서 아이들은 원시적 의식에 가까운 성행위를 경험한다. 어른들이 모두 나가고 마을이 텅 비어 있었다는 것은, '거울없는 세계'에 아직 아버지의 규범이 발생하지 않았음을 암시하는 부분이다. 13세가 된 삼월 어느 날 '나'는 거울을 발견한다. 거울을 통해 처음으로 자신의 "뾰족하게 돌출된 젖 망울"과 "뱀을 향해 돌을 던지는 남자애들"을 발견한다. 거울의 발견과 함께, 구분과 질서가 없던 '거울없는 시간'이 끝나고, 남성과 여성의 구분이 생겨난 것이다. 그리고 이제 모든 것은 거울의 표면을 통해 피사체로서 존재하게 되는 운명에 처하게 된다.

그런데 전경린 소설에서 질서의 대립항으로 놓이는 것이 무질서나 반질서가 아니라는 점을 기억할 필요가 있다. 따라서 불륜이나 가출의 목적 역시 무질서나 반질서 그 자체에 있지 않다. 작가는 '질서(cosmos)/혼돈(chaos)'이라는 독특한 대립항을 마련해 두었다. 아이/어른, 남자/여자, 신/야만이 구별되지 않는 질서 이전의 시간이 혼돈의 시간이며, 이곳이 모든 위반이 진정으로 지향하는 지점이다. "신적인 시간이며 동시에 야만적인 시간, 고래이며 소이며 하마인, 모든 것이 분화되기 이전의 시간"인 혼돈의 시간은 개체 발생적으로 개인의 유년에, 계통 발생적으로 문명발생 이전의 존재했던, 상상의 시간이자 흔적으로 남은 시간이다.

바로 여기에서 전경린 소설의 비관주의와 허무주의가 생겨난다. 자궁을 빠져나온 아이가 절대로 어머니의 모태로 되돌아갈 수 없듯이, 질서의 세계가 작동된 이상 어느 누구도 혼돈의 시대로 회귀할 수 없는 것은 당연하다. 라캉에 의하면, 언어와 질서의 세계인 '상상계'에 진입하면서, 주체와 객체로 분리되기 이전의 '상상계'로 돌아가지 못하며 여기에서 주체의 비극이 발생한다.5) 위반의 목적지가 도착 불가능한 것이기 때문에, 위반의 열망이 클수록 위반의 결말은 자기 파괴적으로 귀결되기 쉽다. 「오후 네 시의 정거장」에서 방안에 갇혔던 풍뎅이가 맹렬히 비행하다가 장롱 모서리에 부딪혀 죽고 마는 장면은 목적지 없는 열정의 비극적 종말을 상징한다.

이러한 구조 속에서 생겨난 비극이기 때문에, 허무주의는 사랑의 이름으로 쉽게 치유될 수가 없다. 오히려 거울을 통해 사랑의 허구성만이 추하게 드러날 뿐이다. 「거울이 거울을 볼 때」의 40세 남자와 33세의 여자가 사랑을 나누는 장면은 낭만적 사랑의 허구성을 증명한다. 이들은 서로를 '백미러'를 통해서 확인하며 황홀해 한다. '백미러'를 통해 서로를 들여다보는 두 사람은 "서로 모르는 벽에 붙어 있는 두 개의 거울"이며, 그래서 존재는 "거울이 거울을 볼 때, 그 무수히 부딪히는 연속적 반영이며 환영이며 허구의 허구"라고 작가는 말한다. 즉 '나'는 거울을 통해서만 상대를 볼 수 있기 때문에 나는 진정한 대상을 볼 수도 없고 소유할 수도 없다. '나'가 손을 내밀어 만지게 되는 것은 싸늘한 거울의 표면일 뿐이다. 욕망의 대상은 영원히 '결핍된 타자'임이 드러나면, 사랑을 통한 구원 가능성 역시 낭만적 거짓으로 판명된다.

---

5) 베르트랑 오질비, 김석 역, 『라캉, 주체 개념의 형성』, 동문선, 2002.

4. 작가의 진정성과 한계

「메리고라운드 서커스 여인」, 「물의 정거장」, 「낙원빌라」는 집을 나
간 여자들의 삶은 비가 오는 한밤중에 염소를 앞세우고 집을 나갔던
‘윤미소’의 이후 삶이 어떠할지를 짐작해보게 한다. 「메리고라운드 서
커스 여인」의 ‘여자’는 어려서 부모를 잃고 할머니 손에서 자랐다. 할머
니가 돌아가시자 사진관집 남자와 결혼해서 두 아이를 낳았다. 그리고
결혼한 지 10년 뒤에 집을 떠났고, 먹고 살기 위해 남자와 성적 흥정을
벌일 줄 아는 여자가 되었다. 공중에 뜨는 재주를 가진 그녀는 서커스
단원이 되어 폐쇄된 섬 유원지로 흘러 들어간다. 「낙원빌라」의 ‘여자’
는 이혼 후, 큰 식당에 취직을 해서 사 년 삼 개월 동안 하루도 쉬지
않고 일을 했고, 그래서 조그만 방을 얻게 된다. 「메리고라운드 서커스
여인」의 주인공의 삶에 비하면, 「낙원빌라」 ‘여자’의 삶이 좀 더 현실적
이고 구체적이다. 「물의 정거장」의 ‘무숙’처럼 경제적 여유가 있는 경
우라면, 몇 살 연하의 유부남과 꿈같은 사랑에 빠질 수도 있겠다. 접시
를 돌리든, 식당에서 일을 하든, 다시 사랑에 빠지든 간에, 집을 나간
그녀들의 삶을 지배하는 것은 죽음과도 같은 고립감이다.

> 모든 인연이 끊어진 고아이자 공중에 떠다니는 지친 부랑자. 그녀가
> 사라져버린다 해도 아무도 실종 신고를 하지 않을 것입니다. 폐쇄된
> 섬 유원지로 데려가기에 아주 적합한 여자였어요. 자신의 사랑을 받
> 아주고 언제까지나 순종만 한다면 그녀는 비록 유폐된다 해도 안전할
> 것입니다.
>
> ─「메리고라운드 서커스 여인」

여자들은 자기의 자아를 찾기 위해서, 집을 떠났거나 남편과 이혼을 했다. 가정도, 부모도, 남편도, 자식마저도 그녀를 잡아주는 끈이 되어 주지 못했었다. 염소를 몰고 나가던 윤미소의 단호한 독백을 상기해 보자.

> 나아가기 위해서는 끊긴 길 앞에서 두 눈을 감고, 두 귀도 닫고 자신의 본질을 향해 어느 순간 훌쩍 뛰어내리지 않으면 안 된다. 그리고 뛰어내려본 사람은 알게 될 것이다. 있는 것과 없는 것 사이의 심연 속에 현실보다, 현실의 현실보다도 더 강한 구름의 다리가 있다는 것을. 자신의 숲을 향해 가는 구름처럼 가벼운 구름다리……
>
> ─「염소를 모는 여자」

그녀는 야생의 열정, 본질적 삶이 가능한 '자신의 숲'을 찾기 위해, 남편과 자식을 내버려두고 심연에 몸을 던졌었다. 왜냐하면 심연 속에 그녀를 그녀의 숲으로 이동시켜 줄 "강한 구름의 다리"가 있다고 믿었기 때문이다. 그녀가 "자신의 숲을 향해 가는 구름처럼 가벼운 구름다리"를 믿고 심연에 몸을 던졌지만, 거기에는 다리가 없었다. 집에서와는 또 다른 격리, 유폐가 그녀를 가두어 버릴 뿐이다. "폐쇄된 섬 유원지"가 「메리고라운드 서커스 여인」의 공간적 배경으로 설정된 이유는 이 때문이다. 심연에 몸을 던진 순간, 아버지의 질서로부터 자유를 얻게 되었지만, 그녀와 세계를 연결해 주던 끈들도 모두 끊어지고 말았다. 결국 그녀는 "폐쇄된 섬"에 갇혀 버리게 되고, "자기 중심적인 고립무원"(「물의 정거장」)에 처하고 만 것이다. 말 그대로 그녀는 공중에 뜨게 된 것이다. 그녀는 주위 세계와 어떤 당기는 무게도 갖지 못한 외톨이가 되고 만다. 그녀가 자초한 고립이자, 예상치 못했던 유폐였다. 고립무원을 벗어나는 길, 다시 주위 세계와의 인력(引力)을 회복하는 길은, 자신이 떠난 집으로 돌아가는 것이다. 하지만 한번 떠난 길을 지워져서 집으로 돌아가는 길을 찾을 수 없다.

> 순간적으로 도망치고 싶었다. 그리고 아무 일도 없었던 것처럼 역으로 가 기차를 타고 집으로 돌아가는 것이다. 아무 일도 없었던 것처럼 시장을 봐가서 밥을 짓고 아이들 옷을 햇볕에 널고 행주를 삶고 남편의 넥타이를 골라주는 것이다. 하지만 집이 어디에 있는가. 기차가 수없이 많은 암흑의 터널을 지나 나를 실어다준다 해도 나는 집을 찾지 못할 것이다.
>
> —「낙원빌라」

지긋지긋하던 사소한 일상이, 이제는 그리운 것이 되었지만, 그 일상의 집은 찾지 못할 집이 되고 말았다. 집이 있는 도시로 돌아가기 위해서는 잃어버린 중력을 찾아야만 한다. 하지만 그 일은 쉬운 일이 아니다. 「메리고라운드 서커스 여인」의 여자는 "몸을 공중에 띄우고 동시에 몸 전체에 그물추를 달아매듯 존재의 중량을 고루 배분하여 한 걸음씩 나아가기란 흡사 산을 옮기듯 힘겨운 것"임을 알게 된다.

전경린 소설의 진정성은 여기에서 찾을 수 있다. 작가나 등장인물은 자신과 세계를 연결한 끈들이 얼마나 견고한지를 알고 있다. 가령, 「부인내실의 철학」의 '희우'는 삶의 견고함을 잘 알고 있는 여성이다. 그녀는 폭력을 행사하고 바람을 피우는 남편만큼이나 뻔뻔한 아내이다. 가정이나 아내에게 어떤 애정을 느끼지도 못하면서도 가정을 지키려는 본능과 책임을 버리지 않는 남편과 마찬가지로, 희우 역시 집을 양보하지 않는다. 자기존재를 상실할 만큼 지루하고 갑갑한 일상이지만 정부(情夫)를 끌어들여 자기의 욕망을 확인할지언정 집을 버리지는 않는다. "집은 희우의 진실이 있는 자리"이기 때문이다. 희우는 자기가 끝내 버리지 못하는 가정을 작은 배에 비유한다.

> 꼭 네 명만 탈 수 있는 작은 배였다. 가족 모두 똑같은 구명조끼를 입고 긴장을 숨기면서 배에 올랐다. 모든 것을 물에 맡겨두고 서로의 무게에 의지하며 균형을 잡았을 때, 남편이 벌떡 일어서서 그녀를 덮치거나, 소리를 지르거나, 예기치 못한 요구를 할 염려 같은 건 전혀 없었다.
>
> ─「부인내실의 철학」

작가는 작은 배에 올라 긴장을 숨긴 채, 서로의 무게에 의지해 균형을 잡고 나가는 것을 삶이라고 말한다. 「메리고라운드 여인」의 '줄타기'나 '접시돌리기' 역시 '생'의 비유이다. 살아있는 한은 줄 위를 걸어야 하고, 균형을 맞추며 접시를 돌리는 수밖에 없다는 것이다. 줄에서 떨어지는 순간, 접시가 떨어지는 순간, 삶은 끝장나 버리기 때문이다. 심연에서 건져내줄 '구름다리' 따위는 없기 때문에, 불편하고 불쾌하지만 버티고 견디는 수밖에 없다.

__참고문헌

도정일, 「거북이 밑에는 무엇이 있는가?」, 『문학동네』, 1998 가을호.

베르트랑 오질비, 김석 역, 『라캉, 주체 개념의 형성』, 동문선, 2002.

전경린, 『메리고라운드 서커스 여인』, 이수, 1999.

전경린, 『염소를 모는 여자』, 문학동네, 1996.

전경린, 『내 생에 꼭 하루뿐인 특별한 날』, 문학동네, 1999.

정재림, 「기억의 회복과 여성 정체성: 오정희 「유년의 뜰」과 「바람의 넋」을 중심으로」,
      『어문논집』 51, 2005.

정혜경, 『매혹과 곤혹』, 열림원, 2005.

팸 모리스, 강희원 역, 『문학과 페미니즘』, 문예출판사, 1997.

제2부

가족 만들기 혹은 뿌리내리기

이범선 소설의 '전쟁' 형상화 방식 연구

중간세대의 책임과 문화적 기억의 형성

현대소설의 탈국가적 상상력

가족 만들기 혹은 뿌리내리기

-안수길론

1. 서론

『백야』는 조선일보에 연재된 장편소설이다. 이 작품이 연재된 것은 1960년대 중반이지만(1963. 9. 1 - 1964. 12. 31), 『백야』가 다루는 시간대는 1960년대 초반으로 한정되지 않는다. 소설은 해방 전후로부터 6·25전쟁, 전후에서 1960년대까지의 전반적인 한국사를 두루 조망한다. 주인공 편종수는 혼란과 격동의 역사 속에서 삶의 기반을 잡지 못한 채 이북에서 서울로, 서울에서 대구와 부산으로, 다시 서울로 옮겨다닌다. 이러한 주인공의 처지는 1950-60년대를 살았던 한국인의 뿌리 뽑힌 삶을 상징적으로 보여준다. 또한 작가 안수길의 처지와 행보 역시 주인공의 그것과 별반 다르지 않았다. 안수길은 1945년 만선일보를 사직하고 고향 함흥으로 돌아갔다가, 1948년 월남하여 서울에 정착한다. 이후 6·25전쟁이 발발하자 대구로, 1·4후퇴 때는 부산 등지에서 피난살이를 하다가 1954년 환도한다.[1] 이 소설은 고향을 잃고

---

 1) 안수길선생추모문집편찬위원회, 『안수길문학, 그 삶의 향기』, 한국소설가협회,

새로운 땅에 정착해야 하는 사람들의 심리를 사실적으로 묘사하고 있는데, 이는 작가의 체험에 기반하여 소설이 창작되었다는 점과 관련을 맺고 있는 듯하다.

물론 이북에서 이남으로, 서울에서 대구 등지로의 행적 외에 주인공과 작가 사이의 표면적인 공통점은 없어 보인다. 주인공 편종수는 지식인 축에 속하기는 하지만 상업에 종사하는 사람으로 설정되어 있으며, 그의 결혼과 사업, 그리고 1960년대의 정치적 상황이 소설의 중요한 서사를 이룬다. 즉 월남민, 피난민이라는 설정을 빼놓고는『백야』에서 작가 안수길의 그림자를 찾기가 어렵다는 것이다. 그러나 이 소설에서 가장 긍정적인 인물인 주인공 편종수의 균형감각에서 우리는 간접적이나마 작가의 감각을 확인할 수 있다. 편종수가 남한의 정치경제적 현실을 시종일관 분별력 있는 시각으로 관찰할 수 있었던 이유는, 그의 중간자적 위치, 즉 그가 이주민이라는 사실에서 찾아야 할 듯하기 때문이다.

자발적으로 고향을 등진 이 월남민, 서울에서 살고 있지만 완전한 서울시민으로 인정받지 못하는 이 이주자는, 탈식민주의 이론가 호미 바바(Homi Bhabha)가 언명한 '사이에 낀(in-between)' 중간자에 가깝다.[2] 여기에도 저기에도 소속되지 못한 채 부유하는 중간자는 불안한 존재임에 틀림없다. 하지만 어디에도 속하지 못하는 그 중간자에게, 역설적으로 확고한 것들을 뒤흔들만한 저력이 내재되어 있다는 사실

2007 참고.
2) 호미 바바, 나병철 역, 『문화의 위치』, 소명출판, 1999.

에 호미 바바는 의미를 부여한다. 이런 맥락에서 볼 때, 인물 편종수 혹은 작가 안수길이 격동의 한국사를 균형 있는 안목으로 조망할 수 있었던 힘은, 중간자라는 그들의 처지와 위치에서 비롯되었다고 말할 수 있을 듯하다.

2. 연애 서사와 정치 서사의 (불)균형

『백야』가 한국적 현실을 어떻게 구체화하고 있는지를 확인하기 위해서 서사의 얼개를 간략하게 정리해 보자.[3]

① 휴전 협정 조인 후 청계천 주변의 상황(1953년 9월)
② 문형태가 편종수와 천금주를 중매하여 둘의 연애가 진행됨
③ 편종수의 내력이 소개됨(편종수는 폐병을 앓았고 간호사 정혜와 연애를 하였으나, 정혜에게 배신을 당함. 이후 결혼, 월남. 아내를 잃고 청계천에서 장사)
④ 천금주의 내력이 소개됨(월남 도중 남편과 헤어지고 월남하여 딸, 시동생을 뒷바라지하며 살아감)
⑤ 정혜의 등장, 금주 남편의 소식 등으로 편종수와 천금주의 결혼이 지연되나 결국 결혼함
⑥ 문형태, 편종수는 회사를 설립
⑦ 문형태는 국회의원이 되고 편종수는 이를 못마땅하게 여김

---

3) 안수길, 『백야·초가삼간』, 글누림, 2011.

⑧ 천금주의 시동생은 대학생이 되고 부패한 정권을 비판하는 여론
   이 높아짐
⑨ 4·19가 일어나고 금주의 시동생이 죽음(1960년)

 소설 초반부의 중심을 이루는 것은 편종수와 천금주의 애정서사이
다. 편종수와 천금주의 연애를 다룬 ①-⑤가 분량상 절반을 차지한다
는 사실은, 『백야』에서 애정이 차지하는 비중과 이 소설이 신문연재
소설이라는 점을 상기하지 않을 수 없게 한다. 편종수와 천금주의 인
연에 대한 강조(둘은 월남하는 과정에서 우연히 마주친 적이 있었음), 둘
의 결연을 방해하고 지연시키는 요소(편종수의 옛 연인의 등장이나 천금
주 남편의 소식) 등은 신문연재소설의 특성으로 지적되는 흥미성이나
통속성을 잘 보여주는 부분이다.[4] 즉 편종수와 천금주가 서로를 오해
하는 과정에 대한 서술이나 서로에 대한 호감이 시소처럼 오르락내리
락 하는 과정에 대한 장황한 서술 등이 신문연재 독자의 관심을 유지
시키기 위한 서사적 전략처럼 보인다는 것이다. 하지만 이를 근거로
해서 『백야』를 단순한 흥미 본위의 소설로 단정해서는 안 될 듯하다.
왜냐하면 이 연애서사의 주변에 포진된 사회적, 정치적 현실이 만만
치 않은 분량과 질량으로 독자에게 육박해 오기 때문이다. 예컨대, 정
전(停戰) 직후 서울 시민의 삶, 청계천 일대의 정경이 손에 잡힐 듯이
그려보이는 이 생생하게 묘사되어 있다.

---

4) 김동윤, 「안수길의 1950년대 신문소설 연구: 〈제2의 청춘〉을 중심으로」, 『韓國
   文學論叢』 39, 2005.

청계천이 흐르고 있었다. 휴전협정이 조인된 지도 벌써 두 달이 지난(1953년) 9월 그믐께, 쾌청의 파란 하늘이 며칠째 계속되고 있는 날씨였다.

(…중략…)

천변을 비좁게 내왕하는 사람들의 얼굴이며 말이며 동작이 활기를 띠고 있었다.

(…중략…)

3년이나 비웠던 집들이었다. 퇴락한 집을 우선 손보지 않아서는 안 되었다.

가구도 신접살림인 듯 새로 마련하거나 보충해야 했다. 거기에 짙어 가는 가을이라 겨우살이 준비를 서두르는 살림꾼도 없지 않았다. 그 뿐이 아니었다. 환도경기가 작용했다.

공무원이건 회사원이건 교사건, 봉급생활자에겐 환도에 따르는 수당이 지불되었다. 짐 같은 것은 직장에서 한꺼번에 실어 올려다 주었으므로, 절약만 했다면 월급 외에 한목에 받은 환도수당은 아직도 남아 있어 이것이 마음을 들뜨게 만들지 않을 수 없었다.

그들은 주로 청계천 시장으로 발길을 돌렸다. 사변 전에 비해 눈부시게 은성(殷盛)해졌기 때문이었다.

환도가 거의 확정이 될 무렵이었다. 동대문 시장의 청계상우회가 사변 전의 노점시장이었던 장소—천일백화점 옆 배다리에서 경전 옆 오간수다리까지의 사이의 자리에 가게를 지었던 것이다. 넓이 다섯 자, 길이 일곱 자 규격의 점포였다. 그 가게를 사변 전에 연고가 있던 상인들에게 한 가게에 이십여 만환씩으로 제공했다.

위 인용문은 환도 이후, 정전 직후의 서울 청계천 일대의 풍경, 즉 '환도경기'의 작용으로 '허영심'과 '사치심'으로 들떠 있는 시민들과 혼

란 속에서 호기를 노리는 상인들의 '활기찬' 모습을 생생하게 보여준
다. 비유컨대 편종수와 천금주가 가장 빈번하게 스크린에 비춰지기는
하지만, 키메라가 청계천 일대를 무대로 한 1950, 60년대의 정치적,
경제적 현실을 무시하거나 간과하고 있는 것은 아니라는 것이다. 오
히려 소설 후반부로 갈수록 정치역사적 현실이 소설의 전면에 부각되
는데, 이 역시 작가의 관심과 의도가 연애서사 자체에 머물러 있지 않
음을 반증한다. 다시 말해 『백야』의 전반부의 중핵적 서사는 연애이
고, 후반부의 중심은 역사적, 정치적 사실이라는 것이다. 재미와 흥미
측면에서 본다면, 『백야』는 후반부로 갈수록 서사적 긴장을 잃고 있
는 것처럼 보인다. 특히 부정선거 및 4·19 발발에 대한 상세한 묘사
는 신문기사와 거의 구별되지 않을 만큼 역사적 사실을 충실하게 반영
하고 있다. 이러한 지루하고 장황한 서술이 독자의 흥미를 끌어내고
있는지는 의문이지만, 이러한 후반부의 특성이 작가의 진지성을 입증
해 주는 것만은 분명해 보인다.

　그런 점에서 『백야』의 전반부 서술과 후반부 서술은 일종의 불균형
을 이룬다고 하겠다. 하지만 이것이 작가의 의도가 비일관적이라는
판단으로 이어져서는 곤란할 듯하다. 오히려 작가의 의도가 처음부터
정치역사적 현실에 대한 진지한 접근에 있었다고 보는 게 옳겠다. 전
반부의 서사를 연애서사라고 부르기는 했지만, 전반부에도 연애에 대
한 농밀한 묘사나 자극적인 장면들이 전혀 없었다는 점에 주목할 필요
가 있다. 그리고 연애서사의 외양을 취하고 있는 전반부 서사의 핵심
이, 정확히 말해서 '연애'가 아니라 '결혼'이라는 점 또한 눈여겨 보아
야 한다. 즉 배우자를 잃은 두 월남민이 새로운 가정을 이루어 현실(서

울)에 뿌리내리는 과정이 중요하다는 것이다. 이렇듯 작가의 관심이 남녀의 알콩달콩한 연애가 아닌 월남민의 '가족만들기', '뿌리내리기'에 놓인 것이라고 본다면, 전반부와 후반부의 이질성은 어느 정도 해소될 가능성을 얻게 될 듯하다.

이렇듯 이야기의 초점을 연애에서 결혼으로 이동시키게 되면, 『백야』는 뿌리 뽑힌 자의 뿌리내리기 과정을 형상화한 소설로 읽힌다. 그런데 이 소설의 독특한 바는 단독적 개인을 내세워 뿌리내리기의 문제를 다루기보다는 가족공동체를 중심으로 해서 뿌리내리기의 문제에 접근하고 있다는 것이다. 소설에는 편종수와 천금주의 가정, 사촌동생 편창수의 가정, 편종수의 사업 파트너 문형태의 가정 등 여러 가정이 등장하고, 이 가족관계를 통해 기본 서사가 만들어진다. 또한 소설에 의사가족(疑似家族) 모델이 등장한다는 점도 특이한 점이다. 천금주와 전남편 사이의 딸인 애순, 전남편의 동생인 영호는 편종수와 법적이나 혈연적으로 가족관계를 이루지 않는다. 하지만 이들을 자기 자식이나 형제처럼 돌보는 편종수, 천금주 부부의 행동은 기존의 가족모델 이상(以上)의 것을 보여주기에 충분하다. (의사)가족공동체에 대한 지향, 다음 세대에게 미래의 희망이 있다는 믿음은 작가 안수길의 세계관과 다르지 않을 듯하다.

3. 시대의 격변에 대한 몇 가지 반응들

『백야』가 다룬 1940-1960년의 역사는 일제시대, 해방과 해방기,

6·25전쟁, 전후(戰後)로 요약된다. 하지만 이 굵직굵직한 역사적 사건들이 이 시대를 관통해야 했던 사람들의 삶을 대변해주는 것은 아니다. 격변의 시대를 살았던 평범한 사람들은 시대적 환경에 영향을 받을 수밖에 없었던 존재들이자, 그에 대해 각기 나름의 반응을 보였던 존재들일 것이다. 『백야』의 인물들 역시 역사적 사건들의 막강한 영향 아래에 있던 사람들, 그리고 각기 상이한 반응을 보이며 자신의 삶을 개척한 사람들이다. 그러므로 『백야』의 인물들의 궤적은 격변의 시대에 대한 평범한 사람들의 전형적 반응이라고 이해되어도 무방할 듯하다. 그런데 한국사회의 제반 문제를 그려보이기 위한 대표적 인물군을 내세우기 위해, 작가 안수길이 지식인 주인공이 아닌, 청계천 주변의 중소상인들을 선택하고 있다는 점은 대단히 흥미로워 보인다.

한 가정을 이루는 편종수와 천금주는 성실한 월남민의 전형이다. 편종수는 청계천 근처에서 화장품을 파는 노점상이다. 하지만 그는 교양을 갖춘 인물일 뿐만 아니라 시대의 흐름에 대한 감각을 가진 사람이다. 소극적이지만 치밀한 성격의 소유자이기 때문에, 그는 허황된 욕심을 부리기보다는 안정적인 투자를 통해 자본을 형성해간다. 댄스 홀의 발랄한 정혜가 아닌 보신탕 가게를 운영하는 천금주를 배우자로 선택하게 되는 것에서도 그의 성격을 엿볼 수 있다. 편종수와 같은 월남민 천금주는 음식장사를 하면서 성실하게 가족에 대한 의무를 다하는 인물이다. 생사를 알지 못하는 남편, 전남편 소생인 딸과 시동생에 대한 그녀의 태도는 세파에 시달리면서도 잃지 말아야 할 인간적 덕목들이 무엇인지를 일깨워준다. 작가는 편종수와 천금주를 가장 긍정적으로 형상화함으로써, 부박하고 타락한 현실에서 무엇이 이상적이고 바람직한 삶인지를 암시한다고 볼 수 있다.

반면 문형태는 전후(戰後)의 상황에서 자본가가 형성되는 과정을 보여준다. 안정성을 추구하는 치밀한 성격의 편종수와 정반대로, 문형태는 적극적이고 공격적인 투자로 부를 축적하려는 인물이다. 헐값으로 적산가옥을 사들이거나 은행에서 대부받은 돈으로 재투자를 하는 전략, 홍콩 등지에서 수입옷감을 사들여 비싸게 파는 사업 수완 등은 문형태가 시장자본주의의 생리를 꿰뚫어 보고 있는 인물임을 보여준다. 호탕한 그의 성격이나 발 빠른 전략을 작가가 부정적으로 보고 있는 것 같지는 않다. 그리고 그가 부정적 인물인지 긍정적 인물인지보다 중요한 것은, 자본의 축적이 성실한 노동에 의해서 아니라 교환의 논리에 의해 가능한 시대가 도래했다는 것에 대한 암시일 듯하다. 또한 상당한 기업가로 성공한 문형태가 국회의원으로 변신한다는 사실 또한 1950, 60년대의 현실에 대한 적확한 반영일 것이다. 문형태는 청계천 시장상인으로 여당보다는 야당에 가깝던 인물이다. 하지만 그는 자기 사업의 확장 등을 이유로 자유당을 선택하게 되고, 이때부터 그는 부패한 정치 논리에 휩쓸리는 인물로 전락한다. 문형태의 아내 또한 상당히 부정적으로 형상화되는데, 다른 가정과 달리 이들 부부에게 자녀가 없다는 사실은 이런 점에서 시사적이다. 미래(자녀)라는 대안의 부재가 이들의 부정성을 더욱 부추기는 역할을 하는 듯하기 때문이다.

또 하나 흥미로운 인물은 편종수의 사촌동생 편창수이다. 창수는 사촌형 편종수와 달리 즉흥적이고 다혈질적인 성격의 소유자이다. 그래서 그는 해방 이후 좌우 이념이 갈등하는 상황에서 주도적인 역할을 감당하고자 한다. 하지만 격동의 세월 동안 혈기방장한 창수는 겁 많고 비굴한 인물로 전락하게 된다. '함흥학생의거 사건'에 적극 가담했던 그가 갖은 고초와 시련을 겪으며 무기력하고 기회를 틈타는 인물로 변했다는 것은, 개인에게 부과된 시대의 무게를 짐작하게 한다. 문형태 아내의 춤선생이 되는 부분에서 창수의 비굴성은 최고치에 달하지만, 새로운 가정을 이루면서 균형감각과 성실성을 회복해간다. 편종수의 옛 애인이던 정혜 역시 시대의 무게를 버텨내지 못한 인물에 속한다. 간호사인 그녀는 환자인 편종수에게 호의를 갖고 있었지만 현실적으로 더 나은 남자를 선택해 결혼을 한다. 하지만 전쟁의 와중에 정혜는 남편에게 버림을 받고 단신으로 월남하여 홀 여급으로 생계를 꾸려간다. 현실적이고 쾌락적인 그녀의 성향이 소설에서 결코 긍정적으로 그려지는 것은 아니지만, 소설은 경제적 기반을 갖추지 못한 여성들이 정혜와 같은 현실적 선택을 하게 될 가능성이 크다는 점을 보여준다. 그녀가 죄책감을 벗어나기 위해 고아원 시설을 맡아보게 된다는 후일담은 다소 작위적이긴 하지만, 이 역시 작가의 지향점을 분명하게 보여주는 것이라고 하겠다.

　편종수, 천금주, 문형태, 편창수 등이 기성세대라면, 천금주의 시동생인 영호는 새로운 세대를 상징한다. 월남 당시 어린 소년이었던 영호는 혈연상으로는 무관한 편종수, 문형태의 조력을 받으며 대학생이 된다. 개인적이고 회의주의적인 성격의 영호는 젊은이다운 의분과 결기를 가진 다른 친구들과 달라 보인다. 학생들의 데모에 별반 관심을 갖지 않고 고시패스만을 염두에 두던 영호는, 그러나 나중에 4·19에 가담하였다가 목숨을 잃게 된다. 영호의 성격과 그의 죽음은 한 개인에게 막강한 힘을 발휘하는 시대와 역사의 위력을 다시 한번 실감하게 할 뿐만 아니라, 4·19로 시작되는 1960년대의 주축이 기성세대가 아니라 새로운 세대임을 암시해준다. 이처럼 『백야』는 혼란과 격동의 시기를 대표적인 몇몇 인물들의 삶을 통해 전형적으로 보여주었다고 할 수 있다.

4. 세태에 대한 묘사와 역설적인 희망의 메시지

『백야』의 또 하나의 성과는 1960년대 초반에 대한 정확한 세태 묘사이다. 청계천 일대의 정경을 생생하게 묘사하는 이 소설의 방식은 『천변풍경』의 작가 박태원의 서술방법을 떠올리게 한다. 특히 『백야』의 카메라에 담기는 것이 단지 외적인 풍광이 아니라, 1950, 60년대의 각종 세태라는 점에 의의를 부여할 필요가 있다. 즉 소자본가들의 기지 역할을 하는 다방과 은행, 외제 화장품이나 고급 옷감을 선호하는 중산층의 허황된 심리와 욕망, 신앙과 전혀 무관한 크리스마스의 들뜬 분위기, 홀 여급의 등장과 유한마담들의 댄스 열풍 등에 대한 묘사는 이 소설이 당대의 풍속도로서 훌륭한 역할을 해내고 있음을 보여준다. 뿐만 아니라 편종수 일가와 최금주 일가의 이주는 월남민의 월남과 정착 과정을 핍진하게 보여주고 있으며, 피난을 가지 못했던 서울시민들이 부역자나 죄인으로 내몰리는 과정 또한 사실적으로 묘사되어 있다. 서술자의 말대로 '팔랑개비'처럼 돌아가는 광복 이후로부터 전쟁, 전후의 현실과 그 현실에서 이리저리 내몰리는 사람들의 모습이 핍진하게 그려내고 있는 것이다. 부정선거와 4·19에 대한 묘사는 지루할 정도로 장황한 감이 있지만, 한국사회에 대한 하나의 보고서라는 의미를 가질 것이다.

청계천 주변에 대한 활기찬 묘사로 시작된 이 소설은, 그러나 4·19로 인해 영호가 죽음을 맞는 어두운 결말을 보여주며 끝난다. 이 소설의 결말에 비추어 본다면, 작가의 전망이 다분히 부정적이라고 할 수 있다. 하지만 소설 마지막 사건의 시간과 이 소설이 연재되던 시점 사이에 시간차가 존재한다는 점에 주목할 필요가 있다. 즉 『백야』는 1963-64년의 시점에서 1960년의 상황을 조명하고 그 시간에서 정지한다는 것이다. 중요한 점은 4·19의 발발과 함께 서사적 시간이 정지한다는 점에 있다. 역사적 사실에 기반해서 보자면, 영호의 죽음으로 표상되는 4·19에도 불구하고 다음해 군사정권이 들어선다. 하지만 『백야』는 의도적으로 혁명의 발발을 보여주면서 소설을 끝맺는데, 이는 이후 발생한 부정적 현실에 대한 의식적 거부라고 해석할 수 있다. 즉 영호의 죽음이 슬픈 것이긴 하지만 혁명 자체가 실패로 끝난 것은 아니게 되는 논리이다. 달리 말해, 새로운 세대에 대한 희망이라는 작가의 이상(理想)이 포기되지 않은 것이다. 소설 중반에 편종수가 함기호의 아들과 영호를 보면서 중얼거리는 말은, 그래서 의미심장하게 다가온다.

> "희망은 저 애들에게나 붙여 볼까?"
> 혼잣말처럼 뇌이는데
> "오셨습니까?"
> 영호가 들어와 편종수에게 인사를 했다. 더욱 늠름해 보이는 영호에

게 편종수는 웃으면서 말했다.

"너두 술 마셨나?"

"예에? 아니요?"

부끄러운 표정을 짓더니 이내 나가 버렸다. 편종수는 머리를 끄덕이면서 속으로 다시 한 번 뇌었다.

'저 애들에게나 희망을 붙여야지.'

물론 표면적으로 보자면 희망의 상징이던 영호가 목숨을 잃으며 소설은 끝난다. 이것은 분명 비극이다. 하지만 4·19혁명의 결과로 부패한 정권이 물러나게 된다는 점에서, 영호의 죽음은 헛된 죽음이 아니다. 그리고 혁명 발발 시점에서 시간을 멈춤으로써, 그 혁명 또한 역설적으로 지속된다고 할 수 있다. 이처럼 『백야』는 청계천 주변의 상인들을 주요인물로 해서 해방과 전후를 살아가는 장삼이사(張三李四)의 삶을 조명한다. 이 인물들은 가족만들기를 통해 낯선 서울에 뿌리를 내리는데, 이 과정이 1950, 60년의 한국의 현실과 유리될 수 없음을 소설은 잘 보여준다. 특히 1950, 60년대의 세태를 적실하게 묘사하면서도 미래에 대한 희망의 비전을 견지했다는 점에서 『백야』의 성취는 찾아져야 할 듯하다.

__참고문헌

김동윤, 「안수길의 1950년대 신문소설 연구: 〈제2의 청춘〉을 중심으로」, 『韓國文學論叢』 39, 2005.

안수길, 『백야·초가삼간』, 글누림, 2011.
안수길선생추모문집편찬위원회, 『안수길문학, 그 삶의 향기』, 한국소설가협회, 2007.
호미 바바, 나병철 역, 『문화의 위치』, 소명출판, 1999.

이범선 소설의 '전쟁' 형상화 방식 연구

1. 서론

이범선은 1955년 『현대문학』에 단편소설 「암표」와 「일요일」을 발표하며 등단하였으며, 70여 편의 단편소설과 16편의 장편소설을 남긴 작가이다. 1950년대 발표한 「학마을 사람들」과 「오발탄」이 대표작으로 손꼽히는 것에서 알 수 있듯, 이범선은 대표적인 전후 작가로 기억되어 왔다. 이제까지의 이범선 연구는 주제에 따른 유형화 작업, 문학사적으로 접근하려는 연구, 작품 전체를 관통하는 공통 특질을 추출하려는 시도 등으로 나누어 볼 수 있다.[1] 이 중 압도적인 비율을 차지하는 것은 유형화를 시도한 평론들인데,[2] 이 평론들은 주제적 측면을 명확히 드러낸다는 장점은 갖지만 정밀한 논리를 결여하고 있다는 한

---

[1] 정재림, 「이범선 소설 연구」, 고려대학교 석사논문, 2000, 1-6면 참고.
[2] 대표적인 평론으로 다음을 들 수 있다.
　　김우정, 「이범선론」, 『문학춘추』, 1965. 2.
　　천승준, 「서민의 미학」, 『현대한국문학전집6』, 신구문화사, 1967.
　　신경득, 「소설과 사회의 변주」, 『현대문학』, 1980, 6-8월.
　　이용남, 「서정과 고발의 미학」, 『인문과학연구논총』, 1991.

계를 노출하는 것으로 보인다.

한편 한국문학사의 맥락에서 이범선 문학을 다룬 연구들의 경우, 전후문학적 성격에만 관심을 집중하였다는 한계를 보일 뿐만 아니라 연구자의 입장에 따라 전혀 상반된 견해를 도출하는 문제를 낳기도 하였다.3) 이범선 문학에 접근하는 또 하나의 방법은 '동경', '고향', '가족', '향수', '서정성', '반공주의' 등의 핵심어를 중심으로 하여 이범선 문학의 특질을 규명하려는 시도이다.4) 이범선 문학의 핵심을 간취하고자 하는 이와 같은 연구들은, 그러나 성급한 일반화로 치닫는 위험이나 예정된 결론을 향한 무리한 논리라는 약점을 갖는다. 특히 이범선을 전후문학사의 자장(磁場)에서 이해하려는 연구태도는 1960년대 이후 작가의 변모를 간과하는 결과를 초래할 수 있다는 점에서도 문제

---

3) 가령, 김윤식과 하정일은 이범선 문학을 '리얼리즘 소설'로 규정하려 하지만, 반대로 구인환과 이익성은 이범선 소설을 '서정 소설'로 자리 매김하려고 한다.
　　김윤식, 「오상원, 오유권, 이범선과 그 문학」, 『신한국문학전집42』, 어문각, 1980.
　　하정일, 「전후 리얼리즘의 외로운 명맥」, 『한국소설문학대계35』, 동아출판사, 1995.
　　구인환, 「전후 한국문학의 지형도」, 『한국전후문학연구』, 삼지원, 1995.
　　이익성, 「이범선 단편소설과 전후서정소설」, 『인문학지』, 1999 참고.
4) 다음의 논문들은 이러한 특징을 보이는 2000년 이후의 논문들이다.
　　변화영, 「공간 이동을 통해 본 월만민의 인생행로─이범선의 『흰 까마귀의 수기』를 중심으로」, 『현대문학이론연구』, 2010.
　　이익성, 「이범선 단편소설의 서정 미학」, 『개신어문연구』, 2008.
　　권유, 「이범선 소설에 나타난 반사회적 욕망과 화해의식」, 『한민족문화연구』, 2004.
　　강진호, 「한국 반공주의의 소설·사회학적 기능」, 『한국언어문학』, 2004.
　　홍기삼, 「이범선 소설 연구─분단과 아이러니의 이중성」, 『어문연구』, 2003.
　　우현주, 「이범선 소설의 상징 연구」, 『이화어문논집』, 2002.

적이다. 즉 1950년대 발표한 작품과 1960년대 이후 발표한 작품들 사이에서 발견되는 "작가의 변모와 그 양상"에 대한 연구가 필요하다고 할 수 있다.[5)]

이범선 소설이 전후문학적 성격을 뚜렷하게 드러내고 있다는 것은 분명한 사실이다. 하지만 그의 소설은 대표적인 전후문학 작가로 불리는 장용학, 손창섭, 이호철, 김성한의 작품들과는 차별성을 갖는다는 점에 주목할 필요가 있다. 그러므로 전후문학으로 분류되면서도 이범선 소설만이 가지고 있는 차별성을 해명하는 것이 이범선 문학을 이해하기 위한 첫걸음이라고 할 수 있다. 이범선 소설의 특질과 작가적 태도의 차별성을 해명하기 위해 본고는 '전쟁'을 중요한 소재로 활용한 이범선의 소설 네 편을 자세히 분석하고자 한다. 「학마을 사람들」(1957), 「오발탄」(1959), 「분수령」(1963), 「상흔의 내력」(1966)이 그것인데, 이들 작품은 6·25전쟁을 소재로 한다는 공통점을 가질 뿐만 아니라, 전쟁에 대한 작가의 태도를 직간접으로 드러내고 있다는 점에서 중요성을 갖는다. 특히 각각 1950년대와 1960년대에 발표된 작품들이기 때문에 이를 통해 변모하는 작가의식을 확인할 수 있으리라고 기대한다.

---

5) 강진호, 「월남민의 향수와 서정의 세계-이범선 연구의 비판적 검토」, 『현대소설사와 근대성의 아포리아』, 소명출판, 2009, 135면.

2. 전통적 공동체의 파괴와 윤리성의 실종

(1) 공동체 파괴로서의 전쟁: 「학마을 사람들」

「학마을 사람들」6)은 이범선의 대표작일 뿐만 아니라 한국전쟁을 배경으로 1950년대 소설 가운데에서도 대표성을 띤다. 「학마을 사람들」은 강원도 두메산골을 공간적 배경으로 하여 전쟁이 불러온 비극을 표현한 소설이다. 하지만 이 소설은 6·25전쟁이 발발하던 시점만을 다루는 것이 아니라, 독특하게도 한일합방 이전까지의 시기로 이야기를 소급하는 특징을 보인다. 서술 시간이 "합방 전부터 1·4후퇴까지의 40여 년의 시간"인 셈인데, 이는 "생의 단면을 그린 것이 특징"인 단편소설의 장점을 저해하는 요인으로 작용할 수 있다.7)

그렇다면 단편의 미학을 훼손하면서 작가가 한일합방 이전 시기로 거슬러 올라가는 이유는 무엇인지 해명할 필요가 있다. 가령, 전상국역시 6·25전쟁에 대한 집요한 천착을 보여준 작가인데, 전상국 소설또한 6·25전쟁 발발 이전인 일제시대로 거슬러 올라가는 특징을 보인다. 서사시간이 시간적으로 훨씬 이전 시기로 소급되는 것은 작가가6·25전쟁의 원인을 어디에서 찾는가라는 문제와 직결될 수밖에 없다. 전상국의 경우, 혈연 중심으로 구성되고 반상(班常)의 구별이 엄격했던시기로 거슬러 올라감으로써 6·25전쟁이 단순히 외세에 의한 이데올

---

6) 이범선, 「학마을 사람들」, 『현대문학』, 1957. 11(앞으로의 인용은 면수로 대신함).
7) 송현호, 「이범선과 백선용의 분단소설 비교연구: 가부장제의 붕괴와 동양적 윤리 회복의 문제를 중심으로」, 『비교문학』, 1996, 147면.

로기 전쟁이 아니었음을 보여주려고 한 것이라 해석할 수 있다.[8]

그런 점에서 6·25전쟁을 중요한 사건으로 다루고 있는 「학마을 전쟁」이 어느 시기로 소급해가는가의 문제는 중요하다. 이해를 돕기 위해 소설의 중요 사건과 서사 시간을 정리하면 다음과 같다.

시간	중요 사건
1945년	이장 영감과 박 훈장이 손주를 징병보내고 옴
회상1: 이장의 청년 시절	첫사랑의 실패
회상2: 이장이 44세 되던 해	한일합방
해방-6·25전쟁-1·4후퇴	학의 돌아옴 8·15해방 덕이와 봉네의 결혼 6·25전쟁 1·4후퇴

정리된 사건을 토대로 본다면, 「학마을 사람들」의 이야기는 1910년으로 거슬러 올라가는 듯하다. 하지만 실제의 서사 시간은 1910년 훨씬 이전으로 소급된다. 왜냐하면 "언제부터 이 마을을 찾아오기 시작하였던지는 아무도 모른다. 어쨌든 올해 여든인 이장 영감이 아직 나기 전부터라 했다. 또 그의 아버지가 나기도 더 전부터라 했다."(181면)에서 알 수 있듯, 시간은 이장 영감의 아버지가 태어나기 전까지의 시간으로 올라가기 때문이다. 즉 이 소설은 6·25전쟁을 중요한 사건으로 다루고 있지만 단지 전쟁의 전후시간만을 다루는 것이 아니라 훨씬 이전의 시간으로까지 거슬러 올라가는 특징을 보인다.

8) 양선미, 「전상국 소설에 나타난 통혼과 귀향의 의미」, 『인문과학연구』, 2011.

학마을의 존재와 학마을에서의 사건들이 현실적이라고 보기 어려운 것이 사실이며, 오히려 "민족의 비극을 서사시적으로 형상화"[9]한 작품이라고 보는 게 타당하다. 즉 학마을의 시공간은 '신화적 시공간'[10]이라고 해석될 수 있는 것이다. 신적 존재인 학과 지상적 존재인 학마을 사람들 관계 역시 시공간의 신화성을 입증해 준다. 학마을 사람들의 삶은 학과 밀접한 관련을 맺고 있다. 학마을에 학이 찾아오면 사람들은 씨를 뿌린다. 학이 새끼를 세 마리 치면 풍년, 두 마리면 평년, 한 마리면 흉년으로, 학 새끼의 숫자에 따라 한 해의 농사가 결정된다. 가뭄이 들면 학이 '비오, 비오' 울어주고, 장마가 지면 '가— 가' 울어 주어서 자연의 재앙을 피할 수 있다. 또 학의 똥을 받는 처녀는 그 해를 넘기지 않고 시집을 간다. 또한 학은 역사적 현실을 규정하는 강력한 존재이기도 하다. 한일합방이 되던 해부터 학이 날아들지 않았고, 해방되던 해부터 학은 다시 날아들기 때문이다.

이렇듯 학의 존재는 지나치게 비현실적이고 신비스럽게 그려진다. 하지만 이는 합리와 이성 이전에 위치한 학마을의 모습, 즉 전근대적 공동체의 모습을 상징적으로 보여주기 위한 장치라고 보아야 할 듯하다. 물론 학마을을 지배하는 힘이 신적이고 초월적인 학에게만 국한된 것은 아니다. 인간과 자연의 관계를 조율해 주는 존재가 학이라면, 마을 사람들 사이의 문제를 조종해 주는 것은 '가부장제의 질서와 원리'이다.[11] "학마을에서는 제일 나이 많은 남자가 이장 일을 보아야만

---

9) 송현호, 앞의 논문, 147면.
10) 엘리아데, 이은봉 역, 『성과 속』, 한길사, 1998, 56면.

했고, 또 이장이 학마을의 제일 어른이었다."라는 설명처럼, 사람 사이의 대립과 갈등은 마을의 어른인 이장의 권위와 지혜에 의해 대개 해결되곤 한다.

　그런데 여기에서 주목할 바는 학마을이 작가 이범선에게 절대긍정의 대상으로 존재한다는 사실이다. 즉 이범선이 이 전통적 공동체를 이상(理想)으로 상정하고 있으며, 6·25전쟁의 비극을 전통적 공동체의 파괴에서 찾고 있다는 사실에 주목할 필요가 있다는 것이다. 바우의 난폭한 행동이 입증하는 것은, 북한 체제와 전통적 공동체의 양립이 불가능하다는 점, 공산당 세력이 전통적 공동체와 공동체의 암묵적 동의를 위협하고 해체하려는 세력이라는 점이다.

　　그들[마을에 침입해 온 공산군: 인용자]은 마을 사람들을 학나무 밑에 모았다. 그리고 긴 연설을 한바탕 늘어놓고 나서 바우를 앞에 내다세웠다. 이제부터는 박동무가 이 부락의 인민위원장이라고 했다. 인민위원장이란 무엇이냐고 묻는 마을 사람들에게 그들은 그게 바로 이마을의 가장 높은 사람이라고 했다. 모를 일이었다. 학마을에서는 제일 나이 많은 남자가 이장 일을 보아야만 했고, 또 그 이장이 학마을의 제일 어른이었다. 그러나 다음 날부터 바우는 마을의 제일 높은 사람 행세를 정말로 하기 시작하였던 것이다. (196면)

　완벽한 전통 공동체의 모습을 보여주던 학마을은 공산군의 침입으로 해체될 위기에 직면한다. 바우는 마을의 어른을 자처하여 마을 사

---

11) 송현호, 앞의 논문, 137-156면 참조.

람들 간의 수평적 질서를 파괴할 뿐만 아니라, 신적 존재로 공인되어 온 학에게 총질을 가하여 하늘과 사람들 사이의 수직적 질서마저 위협 한다. 따라서 소설에서 북한 체제나 공산주의가 이범선에게 부정적 대상으로 형상화되어 있다고 할 수 있으며, 이는 인물조형방식에서도 쉽게 확인된다. 「학마을 사람들」에서 공산군에 가담한 '바우'의 외모 와 성격은 부정적으로 묘사된다. 얼굴이 "흠이 오른쪽 이마에서 눈썹 까지 죽 그어져 있"는 험상궂은 모습으로 묘사되어 있고, 연모했던 봉 네를 친구인 '덕이'에게 빼앗기자 앙심을 품고 공산군에 가담했다는 설정 역시 공산군의 이미지를 부정적으로 만드는 역할을 한다. 마을 에서 신령한 존재로 사랑받던 학에게 총질을 하는 잔인성, 북으로 쫓 겨가면서도 이장 영감 집에 불을 지르는 극악함 역시 공산군을 부정적 으로 형상화하는 역할을 한다. 반면 덕이는 흉악한 바우와 대비되어 선량하고 인내심이 강한 인물로 그려진다.[12]

그러나 바우를 공산주의자라고 규정하기는 어렵다. 개인적 원한에 서 출발하여 공산군의 앞잡이 노릇을 하게 된 그를 이념형 인간으로 보기는 어렵기 때문이다. 이범선 소설에 이념으로 무장한 공산주의자 는 단 한 명도 등장하지 않는다. 공산군들이 자기가 속한 체제에 대 해 일정 수준의 인식을 갖추고 있는지조차 의심스런 지경인데, 이는 공산주의나 공산주의자에 대한 작가의 인식수준과 관련되어 있을 것 이다.

---

12) 이범선 소설의 반공주의에 대해서는 강진호, 「한국 반공주의의 소설·사회학적 기능」, 『한국언어문학』 52, 2004, 5-6면 참고.

정작 겁나던 것은 그들 공산군 병사들이 아니라, 그들을 믿고 정체를 나타낸 공산당원들, 아니, 사실은 그들이 공산당원이었는지 아닌지도 모른다. 사실이지 나는 공산치하 90일 동안에 공산군의 모습을 직접 본 일은 몇 번뿐, 그보다, 우리를 괴롭힌 것은 민청원들이었다. 그들은 당원도 채 아니면서 그들의 앞잡이 대개는 마을 불량자들인 그들은 몽둥이를 질질 끌고 다니면서 제 세상 만난 듯이 날뛰었다. 그러나 거기엔 무슨 법이 있을 리 없다. "이 자는 반동이오." 하면 그저 그대로 끌려 가는 것이었다.13)

서울에서 경험한 공산치하에서의 경험을 기록한 위 인용에서 확인되듯, 월남 이전에도 이후에도 이범선은 공산군(공산주의)을 직접적으로 경험하지 않았다. 북한에서 태어났지만 해방이 되자마자 월남했기 때문에 그는 공산주의를 직접적으로 경험할 기회를 갖지 못했다. 한국전쟁 당시 겪었던 공산치하의 90일이 그가 겪은 유일한 공산당 체험이다. 그런 까닭에 그의 공산주의 체험은 지극히 추상적이라는 특징을 갖는다. 즉 그는 '공산군'을 통해서가 아니라 '공산당원'이나 '민청원'을 통해 공산주의를 간접적으로 체험한 것에 불과하다.

따라서 이범선의 좌우 이데올로기에 대한 이해는 소박한 수준이라고 볼 수 있다. 한국전쟁에 대한 이해가 소박한 차원에 머물렀다는 것은 「학마을 사람들」에서 한국전쟁이 전통 공동체를 불가능하게 하는 힘으로 표상된다는 점에서도 확인된다. 작가는 6·25전쟁으로 파괴되기 이전의 공동체를 절대적 긍정으로 전제하고, 이를 해체하는 공산

13) 이범선, 「적치하 90일」, 『전환기의 내막』, 조선일보사, 1982, 405면.

체제를 무조건적인 악으로, 전통 공동체를 수호하는 국군이나 거기에
동조하는 사람들을 선으로 표상하는 특징을 보인다.

(2) 실존의 위협과 윤리 실종으로서의 전쟁: 「오발탄」

전쟁을 겪은 당사자가 전쟁을 생존이 위협당하는 절체절명의 상황
으로 인식하는 것은 당연한 반응이다. 왜냐하면 전쟁을 체험한 직후,
인간은 자기 존재를 공포로 몰아넣는 상황에 주목하여 전쟁을 이해하
기 마련이기 때문이다. 전쟁의 역사적 성격에 대한 객관적 파악은 상
당한 시간을 요구하는 작업인 까닭에, 전쟁 직후인 1950년대 문학이
전쟁과 관련하여 생존의 위협, 인간 존엄성의 상실, 극도의 궁핍 등에
천착한 것은 당연한 현상이라고 볼 수 있다.

하지만 실존에의 경도가 한국전쟁의 특수성과 긴밀히 연관되어 있
다는 점을 간과해서는 안 될 듯하다. 즉 전후 작가들이 실존 문제로
경도된 이유를 단지 전쟁문학의 보편성으로 환원하기는 어렵다는 것
이다. 우리나라 전후의 정치적 특수성으로 꼽히는 첫 번째 항목은 반
공주의의 영향이다. 전후 남한에서의 실존이란 "양자택일의 결단", 더
정확히 말해서 "반공이데올로기에 승복"하는 것을 전제로 한 실존이
었기 때문이다.[14] 작가로서 남한에서 산다는 것 자체가 반공(反共)과
반북(反北) 이데올로기를 이미 선택했다는 설명이 된다. 반공주의가
국가지배 이데올로기로서 존립하는 남한에서, 북한을 남한과 같은 수

---

14) 유재일, 「한국전쟁과 반공 이데올로기의 정착」, 『역사비평』, 1992, 144면.

준에서 조망하며 한국전쟁을 객관적으로 문제삼는 것은 작가들에게 거의 불가능한 일이었다. 즉 한국의 전후문학이 보편적 실존에 주목했던 것은 전쟁의 원체험과의 거리 확보가 불가능했던 때문이기도 했다지만, 한국 정치 체제의 특수성으로 인해 작가들이 실천적, 비판적 측면을 회피한 때문이기도 했다.

이와 같은 1950년대의 정치사회적 현실을 고려하면, 개인의 문제에 집중한 이범선 소설은 1950년대 문학의 경향과 방향을 함께 한 것처럼 보인다. 하지만 이범선이 주목하는 실존이 다른 작가의 실존과 다른 의미를 보유하고 있다는 점에 주목할 필요가 있다. 이범선의 소설에서 주목할 바는 전후의 극한적인 상황에서 인물들이 "속악한 현실에서 내적 순결성을 지키고 살아 남기 위해서는 어떻게 해야 할 것인가"라는 '개인의 문제'에 비상한 관심이었기 때문이다.[15]

전후 고발문학의 기념비적 작품으로 기억되는 「오발탄」[16]의 철호 일가의 몰락은 어쩔 수 없는 '해방촌'의 선택에서부터 시작된다. 철호 일가의 남한 선택은 북한의 공포 정치로부터 벗어나기 위한 말 그대로의 '해방'이지만, 그것은 가난과 궁핍으로 표상되는 해방촌의 삶을 수용하도록 강제하는 구속이었다. 「오발탄」에서 전후 현실에 대한 비판과 고발을 읽을 수 있지만 이것을 작가의 의도라고 단정하기는 어려울 듯하다. 고발과 비판은 일종의 사후적 효과이며, 「오발탄」의 핵심은 전후현실에서 개인의 양심 문제에 놓여 있기 때문이다. 즉 문제되는

---

15) 강진호, 「월남민의 향수와 서정의 세계-이범선 연구의 비판적 검토」, 『현대소설사와 근대성의 아포리아』, 소명출판, 2009, 150면.
16) 이범선, 「오발탄」, 『현대문학』, 1959. 10(앞으로의 인용은 면수로 대신함).

것은 형제(철호와 영호)의 대립에서 드러나듯, 전후 현실에서 선택가능한 두 가지 삶의 방식에 대한 진지한 성찰인 것이다.[17)]

철호, 영호 형제의 고민은 '어떻게 살아야 하는가', '양심은 과연 필요한가'는 질문으로 요약될 수 있다. 상당한 분량을 차지하고 있는 철호와 영호의 공박(대화)은 전후의 극한적 현실에서 양심, 윤리, 도덕의 방향과 가치, 그리고 나아가 그것들에 대해 근원적 회의를 제기하는 역할을 한다. 형 철호는 양심만이 인간을 인간답게 만든다고 주장하며 각박한 현실 속에서도 양심과 윤리의 중요성을 강변한다. 반면 영호는 양심과 윤리, 법률의 현실적 무력함과 작위성을 지적하며 비윤리적 사회에 비윤리적으로 대응할 것을 주장한다. 소설에서 작가는 어느 한쪽의 가치를 옹호하지 않는데, 이는 급박한 현실에서 양심을 유지하며 살아가려는 사람들의 암중모색을 객관적으로 보여주려 한 의도와 관계된다고 볼 수 있다.

「오발탄」은 6·25전쟁 직후의 현실을 배경으로 한 소설이다. 「학마을 사람들」이 6·25전쟁을 다루되 전쟁의 기원을 찾아 신화적 시공간으로 거슬러 올라간 것과 달리, 「오발탄」에서 작가는 전후 현실의 문제에 천착한다. 하지만 '학마을'로 상징되는 신화적 공간을 이상향으로 상정하고 있는 작가는, 타락한 현실에 능동적으로 적응하는 인물

---

17) 「오발탄」와 「백이숙제」가 갖는 연관성을 고려한다면, 「오발탄」의 의도를 더더욱 현실에 대한 비판으로 보기 어렵다. 형제간의 갈등이라는 상동구조를 취하고 있는 두 작품에서, 관건이 되는 것은 개인의 양심을 포기하느냐 마느냐의 문제이기 때문이다. 「오발탄」과 「백이숙제」와의 관련성 및 철호와 영호 형제 논쟁의 의미에 대해서는 정재림, 앞의 논문, 39면; 정재림, 「1950-60년대 소설의 '양공주-누이' 표상과 오염의 상상력」, 『비평문학』 46, 2012 참고할 것.

을 긍정적으로 그리지 않는다. 이범선은 전쟁이 전통적 공동체의 윤리를 불가능하게 하였다는 현실에 대한 비판적 인식을 가지며, 또한 그런 상황에서도 윤리와 양심을 지키고 살아가려는 사람들의 고투를 보여줄 뿐이다.

「학마을 사람들」과 「오발탄」에서 전쟁은 이상적이고 전통적인 공동체를 불가능하게 하는 폭력으로 표상되는 특징을 보인다. 1950년대 발표된 소설 가운데 6·25전쟁을 이데올로기 차원에서 다룬 작품도 드물지만, 이범선의 경우는 전쟁을 전통적 윤리와의 관련성 속에서 형상화했다는 점에서 차별성을 갖는다. 그리고 전통 공동체의 윤리가 개인의 양심, 윤리에 대한 고민으로 이어졌다고 평가할 수 있다.

3. 객관성의 확보와 화해의 가능성

(1) 거리두기의 중립성과 역사의식의 부재: 「분수령」

문학사적으로 1960년대는 전쟁과의 객관적 거리를 확보하게 된 시기라고 평가된다. 1960년대에 발표된 이범선의 소설 역시 좌우 이데올로기에 대한 객관성을 확보하는 데 어느 정도 성공한 것으로 보인다. 두 체제에 대한 객관성을 확보하고자 하는 작가의 노력은 '회상'과 '액자구조'의 형식과 관련을 맺고 있는 것으로 보인다.[18] 일반적으로

---

18) 1960년대에 발표된 소설 중 전쟁을 소재로 한 이범선의 소설은 대개 액자구조를 취하고 있어 주목을 요한다. 『닳원의 미소』, 『흰까마귀의 수기』, 「살모사」, 「단

액자구조의 소설은 두 개 이상의 시간, 두 개 이상의 이야기를 도입한다. 이범선은 전쟁 및 전쟁과 관련한 과거를 객관적, 합리적으로 돌아보고자 하는 기획에서 소설의 구성 방법으로 액자구조를 장치를 도입한 것으로 보인다. 즉 전쟁 발발 10년 후인 시점에서 전쟁 당시의 상황을 돌아보는 방식을 취함으로써 좀 더 객관적으로 한국전쟁을 조망하고자 한 것으로 평가할 수 있다.

「분수령」[19]은 10여 년 전 전쟁을 겪었던 '나'가 정선 아리랑을 들으며 전쟁 당시의 일을 회상하게 되는 액자형식을 취하고 있다. 이 소설은 남한과 북한에 대해 중립적 태도를 유지하고자 하는 작가의 노력과 그 한계를 잘 보여준다. 전쟁 당시 고등학교 3학년이던 창식과 '나'는 북한측 의용군에 징집되어 전선으로 이동하던 중 우연히 무리에서 낙오된다. 무작정 서울로 향하던 그들은 산 속을 헤매기도 하고 샘골마을에서 숨어 지내기도 하다가 각각 남한과 북한을 선택하여 헤어진다. 의용군 징집과정과 남북 선택의 과정을 통해 작가가 강변하고 있는 것은 창식이나 나와 같은 평범한 사람에게 남한과 북한이 이데올로기의 차원에서 인식되고 있지 않다는 점이다.

> 소위 의용군이란 그런 것이었다. 자진해서 나선 사람은 거의 없었다. 그렇다고 속아서 나온 것도 아주 아니었다. 어찌 어찌하다 보니까 어물어물 끌려 나왔고, 아니 끌려 나왔다기보다는 유인되어 나왔다는 편이 좀 더 적절하였다. 그렇게 되어 그들은 갖은 고생을 당하는 것이

풍」, 「분수령」, 「상흔의 내력」 등이 그 예에 속한다.
19) 이범선, 「분수령」, 『현대문학』, 1963. 11(앞으로의 인용은 면수로 대신함).

었다. 그러나 이 마당에서도 그들은 앞뒤를 딱 잘라서 판단을 내리지 못하는 것이었다. 그것은 뭐 그들의 사상이 약간이라도 공산군 편으로 더 쏠려 있어서가 아니라, 차라리 이 편도 저 편도 잘 모르는 그들인지라 그 당시가지 전세가 우세하다고 믿고 있던 공산군에게 그렇게 끌려가는 데 대하여 일종의 아부 비슷한 비루한 생각은 가지고 있었을망정 의식적인 반항을 하려고는 하지 않았던 때문이었다.

그야말로 사상 운위하기에는 그들은 너무나 어리고 순진하였다.

(316-317면)

의용군에 뽑혀 온 사람 중 사상적으로 공산주의 편에 선 사람은 없었다는 설명이다. 덧붙여서 서술자는 그들이 강제로 끌려 나온 것도 아니었다고 설명한다. 전세가 유리한 공산군 편에 속하게 된 것을 다행으로 생각할 정도로 의용군에 뽑혀 온 학생들은 "너무나 어리고 순진"한 사람일 뿐이라는 것이다. 양민의 처지 역시 마찬가지였다. 전세에 따라 그들은 "대한민국에 살다가 또 공산국에 살다가" 하는 존재일 뿐이다. 이들에게 시급하고 중요한 것은 생존뿐이다. 전쟁의 피해자인 이들에게 전쟁은 이데올로기의 차원에서가 아니라, 생존이 위협당하는 극한적 실존 상황으로 경험되었던 것이다. 이처럼 이 소설에서 작가는 남한 혹은 북한의 어느 한 체제를 성급하게 옹호하거나 비난하는 태도를 자제하며 두 체제 모두로부터 일정한 거리를 두고자 하는 가치중립적 태도를 보인다.

평범한 사람들에게 남한과 북한의 체제란 의식적이고 사상적인 선택의 사항이 아니라, 주어진 실존이었음을 작가는 계속하여 강조한다. 쌍둥이 처녀와 샘골의 위치는 이를 상징적으로 보여주는 장치이다. 창식과 '나'는 쌍둥이 처녀, 용녀와 복녀에게 이성적인 관심을 갖는다. 그러나 두 처녀의 음성, 얼굴, 체격이 매우 비슷하기 때문에 창식과 나는 매번 둘을 구별해 내는 데 실패한다. 두 처녀를 구별하지 못하는 것처럼 창식과 '나'는 북한과 남한을 이념과 체제의 차원에서 구분하지 못한다는 암시이다. 두 체제로부터 거리를 두고 바라보기만 하는 두 사람에게 남한과 북한은 구별불가능한 쌍둥이 처녀들처럼 모호하고 막연한 대상일 뿐이다.

어느 한 체제에 대한 선택 없이 무작정 서울로만 향해 걷던 창식과 '나'는 그것이 해결책이 되지 못함을 깨닫고 샘골마을로 들어가게 된다. 북으로 사십 리를 가면 인민군이 위치해 있고 남으로 사십 리를 가면 국군이 위치해 있는 샘골의 지리적 위치는 샘골마을이 이념의 완충지대, 정신을 추스릴 휴식의 공간임을 상징한다. 휴식의 공간에 무한정 머물 수 없는 것처럼 창식과 나는 계속 샘골에 머물 수는 없다. 국군이든 공산군이든, 남이든 북이든, 어느 하나를 선택해야 한다. 두 체제로부터 거리를 두고 둘 다를 모두 거부하는 것이 가치중립적인 태도라고 인정될 수는 있겠지만, 살아남을 수 있는 방법이 되지는 못하기 때문이다. 전쟁의 한복판에서 어느 것도 선택할 수 없다는 식의 가치중립은 체제 모두로부터 배제당하는 결과를 가져오기 때문이다.

무작정 서쪽으로만 향하던 그들은 의용군 이탈자인 자신들의 처지가 "국군에게도 인민군에게 그대로는 용납되지 못할" 처지임을 자각한다. 창식과 '나'는 아무리 이데올로기와 무관하려 해도 이데올로기의 대립에서 비롯된 한국전쟁에 휘말리게 된 이상, 그들은 이데올로기의 문제로부터 자유로울 수 없는 것이다. 그들의 실존은 이데올로기의 선택을 전제로 한 생존이기 때문이다. 즉 살기 위해서는 남이든 북이든 어느 한 체제를 선택해야만 한다. 이데올로기의 문제를 차치하고 생존을 향해서만 달려가던 창식과 '나'가 "안심하고, 아니 희미한 기대나마 가지고 발걸음을 옮겨 놓을 수 있는 방향은 어느 쪽에도 없다는 것을 깨"닫는 부분에서, 그들은 자신이 역사와 이데올로기로부터 벗어날 수 없는 존재임을 자각한다. 이 부분이야말로 개인의 내면에만 집중하던 이범선 소설의 인물이 역사적 존재로 깨어나는 부분이라고 평가할 수 있다.

하지만 창식과 '나'가 남한과 북한을 선택하는 부분에서, 작가는 문제를 다시 개인에게로 환원시키고 만다. 창식은 북한을 선택하고 '나'는 남한을 선택한다. 창식은 외삼촌이 북한 공산당의 고위 간부이기 때문에 북한을 선택하는 것이 유리하고 아버지가 의학박사인 '나'는 신분상의 이유 때문에 남한을 선택하는 것이 유리하다고 판단되었기 때문이다. 이범선은 어떤 개인도 역사로부터 자유롭지 못하다는 것을 창식과 '나'의 생존을 통해 보여주었다. 그러나 역사적 개인인 그들이 체제를 선택하는 이유를 소박하고 개인적인 차원에서 설명하는 한계를 보인다. 「분수령」은 남한과 북한으로부터 거리를 두는 데 성공하지만, 역사와 이데올로기 문제를 다시 개인의 문제로 환원하는 한계를 보였다고 평가할 수 있다.

(2) 이면(裏面)의 진실과 화해의 모색: 「상흔의 내력」

「상흔의 내력」[20]은 최장손이 김광수 소위의 집을 찾아오면서 시작된다. 소설에는 최종손의 입을 통해 회상되는 이야기와 김광수를 통

해 회상되는 이야기, 즉 두 개의 내화(內話)가 등장한다. 최장수와 김
광수의 관계는 회상되는 이야기 속에서 적어도 세 번 이상 다르게 설
정되는데, 회상 순서에 따르면 다음과 같이 정리된다.

① 6·25전쟁 당시: 최장손 (신병) / 김광수 (소대장)
② 공산군 점령 당시: 최장손 (민청위원장) / 김광수 (민청에게 피해
당한 집안 장손)
③ 어릴 적: 최장손 (머슴 집 아들) / 김광수 (주인 집 아들)

시간의 순서에 따른 정리에 의하면, 이 소설은 머슴 아들이던 최장
손이 해방을 계기로 공산당의 세력을 등에 업고 민청위원장이 되어 김
광수 집안에 개인적인 보복을 하는 이야기이다. 장손은 반동 지주라
는 구실을 씌워 김광수의 아버지와 그 식구들을 창고에 가두었는데 비
행기 폭격으로 그들이 모두 죽게 된다. 패주하는 공산군을 따라 북으
로 이동하던 최장손을 공산군의 비인간성을 목격한 후, 공산군을 탈
출하여 국군에 자진 입대한다. 그리고 우연히 김소위의 부대에 배치
되었다가 전투에서 낙오되지만 김소위의 도움으로 목숨을 건지게 된
다. 이것이 최장손에 의해 고백되는 회고담으로 첫 번째 내화에 해당
한다. 첫 번째 내화만 본다면, 이 소설은 전형적인 반공주의 소설로
분류될 만하다.

잔악한 행위를 일삼는 공산군 장교에 대한 묘사는 작가가 선악 이분

---

20) 이범선, 「상흔의 흔적」, 『신동아』, 1966. 4(앞으로의 인용은 면수로 대신함).

법에 의해 인물을 창조하고 있음을 보여준다. 「학마을 사람들」의 바우에 대한 형상화에서 그랬던 것처럼, 공산군 장교는 '흉악스러운 얼굴'과 잔인무도한 성격으로 특징 지워진다. 반면 국군에 속한 김광수는 불구대천의 원수임에도 목숨을 걸고 소속대원을 구해낼 정도로 용감하고 정의로운 인물로 그려진다. 뿐만 아니라 장손의 전향(轉向)은 남한 체제의 정통성과 합법성을 보장하는 장치처럼 보이기도 한다.

그러나 최장손이 돌아가고 나서 김광수가 회고하는 또 하나의 내화는 다른 진실을 말해준다. 두 사람이 입은 상처에 주목하여 본다면, 최장손이 회고한 이야기에도 두 개의 상처가 나오고, 김광수가 회고한 이야기에도 두 개의 상흔이 나온다. 첫 번째 내화에서 나오는 상처는 6·25전쟁에서 두 사람이 입은 상처이다. 최장손은 전투에서 왼쪽 다리에 관통상을 입었고, 김광수는 최장손을 구해내다가 왼쪽 어깨에 관통상을 입었는데 그 상처들은 외부에 보이는 상처이다.

하지만 김광수의 입을 통한 두 번째 내화는 어린 시절 광수와 장손이 서로에게 입혔던 또 다른 상처를 말해준다. 어린 시절 광수는 자기 집 머슴의 아들인 장손과 사소한 말다툼을 벌인다. 잘못이 광수에게 있었지만 광수는 주인 집 아들이라는 자기의 신분을 이용해 장손을 혼내준다. 앙심을 품은 장손이 며칠 후 썰매를 타는 광수를 낭떠러지에서 밀어버린다. 김광수의 턱에 있는 상처는 그때 얻어진 것이었다. 그 때문에 장손이는 아버지인 머슴 영감에게 심하게 매를 맞아 한동안 왼쪽 다리를 절뚝이면서 다녔다. 광수의 턱에 난 상처는 평소에 수염에 가려 있기 때문에 보이지 않는 상처였고, 장손이의 상처 역시 잘라진 왼쪽 다리와 마음에 새겨진 상처이기 때문에 숨겨진 상처이다.

광수가 회고하는 어린 시절의 이야기는 해방 이후 장손의 행동에 개연성을 더해주는 기능을 한다. 즉 민청위원장이 되어 주인행세를 하고자 한 장손의 심리가 단순한 개인적 보복이나 야욕을 넘어서 뿌리 깊은 원한에서 비롯된 것임을 보여준다. 또한 6·25전쟁이 단지 외세의 개입에 의해 초래된 전쟁이 아니라, 지주와 소작인의 계급적 갈등이라는 이전의 갈등에 그 기원을 두고 있음을 암시한다. 이는 6·25전쟁의 기원을 찾기 위해 신화적 시공간으로 소급했던 「학마을 사람들」과 차이를 보이는 부분이다.

또한 이 작품은 한국전쟁의 피해자들이 그들의 상처를 치유 받을 수 있는 길을 제시한다는 점에서도 주목할 만하다. 그런데 「상흔의 흔적」은 독특하게도 각 사람의 일방적 진술, 즉 독백에 그치고 있을 뿐 대화에 이르지 못한다. 이는 6·25전쟁으로 인한 상흔의 치유가 쉽지 않은 것을 시사하며, 동시에 과거가 피해자인 두 사람 모두에 의해 재구성될 때만 가능할 수 있음을 암시한다.

4. 결론

이범선은 대표적인 전후작가로 분류되어 왔지만, 그의 소설은 다른 전후작가와는 구별되는 독특성을 갖는다. 이범선 소설의 특질과 작가적 태도의 차별성을 해명하려는 목적 아래, 본고는 '전쟁'을 중요한 소재 다룬 「학마을 사람들」(1957), 「오발탄」(1959), 「분수령」(1963), 「상흔의 내력」(1966)을 분석하였다. 1950년대 발표작인 「학마을 사람들」

과 「오발탄」에서 전쟁은 이상적이고 전통적인 공동체를 불가능하게
하는 폭력으로 표상되는 특징을 보인다. 1950년대 발표된 소설 가운
데 6·25전쟁을 이데올로기 차원에서 다룬 작품도 드물지만, 이범선
의 경우는 전쟁을 전통적 윤리와의 관련성 속에서 형상화했다는 점에
서 차별성을 갖는다. 그리고 전통 공동체의 윤리는 개인의 양심, 윤리
에 대한 고민으로 이어졌다고 볼 수 있다. 1960년대 발표작인 「분수
령」과 「상흔의 내력」은 회상의 형식, 액자구조라는 공통점을 갖는데,
이러한 서사적 장치를 통해 6·25전쟁을 보다 객관적으로 형상화하고
상흔의 극복 가능성을 모색하였다는 점에서 의의를 갖는다. 하지만
개인에 대한 강조는 6·25전쟁의 기원을 개인의 문제로 환원하는 낳
게 된 것으로 보인다.

__참고문헌

강진호, 「월남민의 향수와 서정의 세계-이범선 연구의 비판적 검토」, 『현대소설사와
　　　근대성의 아포리아』, 소명출판, 2009.
강진호, 「한국 반공주의의 소설·사회학적 기능」, 『한국언어문학』, 2004.
구인환, 「전후 한국문학의 지형도」, 『한국전후문학연구』, 삼지원, 1995.
권　유, 「이범선 소설에 나타난 반사회적 욕망과 화해의식」, 『한민족문화연구』, 2004.
김우정, 「이범선론」, 『문학춘추』, 1965. 2.
김윤식, 「오상원, 오유권, 이범선과 그 문학」, 『신한국문학전집42』, 어문각, 1980.
변화영, 「공간 이동을 통해 본 월만민의 인생행로-이범선의 『흰 까마귀의 수기』를 중심
　　　으로」, 『현대문학이론연구』, 2010.
송현호, 「이범선과 백선용의 분단소설 비교연구: 가부장제의 붕괴와 동양적 윤리 회복
　　　의 문제를 중심으로」, 『비교문학』, 1996.

신경득, 「소설과 사회의 변주」, 『현대문학』, 1980. 6-8월.

양선미, 「전상국 소설에 나타난 통혼과 귀향의 의미」, 『인문과학연구』, 2011.

엘리아데, 이은봉 역, 『성과 속』, 한길사, 1998.

우현주, 「이범선 소설의 싱징 연구」, 『이화어문논집』, 2002.

유재일, 「한국전쟁과 반공 이데올로기의 정착」, 『역사비평』, 1992.

이범선, 「분수령」, 『현대문학』, 1963. 11.

이범선, 「상흔의 흔적」, 『신동아』, 1966. 4.

이범선, 「오발탄」, 『현대문학』, 1959. 10.

이범선, 「적치하 90일」, 『전환기의 내막』, 조선일보사, 1982.

이범선, 「학마을 사람들」, 『현대문학』, 1957. 11.

이용남, 「서정과 고발의 미학」, 『인문과학연구논총』, 1991.

이익성, 「이범선 단편소설과 전후서정소설」, 『인문학지』, 1999.

이익성, 「이범선 단편소설의 서정 미학」, 『개신어문연구』, 2008.

정재림, 「1950-60년대 소설의 '양공주-누이' 표상과 오염의 상상력」, 『비평문학』 46,
    2012.

정재림, 「이범선 소설 연구」, 고려대 석사논문, 2000.

천승준, 「서민의 미학」, 『현대한국문학전집6』, 신구문화사, 1967.

하정일, 「전후 리얼리즘의 외로운 명맥」, 『한국소설문학대계35』, 동아출판사, 1995.

홍기삼, 「이범선 소설 연구-분단과 아이러니의 이중성」, 『어문연구』, 2003.

중간세대의 책임과 문화적 기억의 형성
－신동규론

1. 들어가며

신동규 소설에는 동학농민전쟁, 3·1독립만세, 여순반란사건, 6·25전쟁, 광주민주화운동 등과 같은 굵직굵직한 한국의 근현대사가 음화(陰畵)처럼 배치되어 있는데, 이 사건들은 단순한 배경 이상의 의미를 갖는다. 또 하나 유의할 것은 이 역사적 사건들이 항상 '고향'과 깊은 연관을 가진다는 점에 있다. 이보영이 신동규 소설의 고향이 "상흔(傷痕)이 겹쳐진 고향"이며 소설의 인물들은 고향에 대하여 "애정과 기피 또는 증오라는 상반(相反) 감정"에 시달리고 있다고 평가한 이유도 여기에 있다.[1]

문학적 소재로 6·25전쟁을 활용하는 것은 우리나라 현대소설 문법에서 가장 익숙한 것 중의 하나이다. 특히, 유년기에 전쟁을 체험하고 그 전쟁과 더불어 성장을 이룬 유년기 전쟁체험 세대가 1970년대 이후 '전쟁의 기억'을 소설화하는 데 주력해 왔다는 것은 주지의 사실이

---

1) 이보영, 『운명에 관하여』 해설, 신아출판사, 2001.

다.2) 이 세대에 속하는 신동규의 작업 역시 예외가 아니다. 이 글은 신동규의 소설이 전쟁 미체험 세대에게 전쟁의 기억을 전해줄 '중간세대'로서의 자의식을 강하게 보이고 있다는 점, 전쟁기억을 문화화하여 전승할 여러 가지 방안을 소설에서 제시하고 있다는 점에 주목하여, 전쟁을 형상화하는 작가의 특징과 한계를 고찰하고자 한다.

2. 기억의 공간과 아버지 기억하기

신동규 소설의 특징은 「흰까마귀산」에 압축적으로 드러나 있다. 소설가인 주인공 '나(신유복)'는 원고 마감을 코 앞에 두었으나 소설을 쓰지 못하는 상황에 처해 있다. '나'는 착상도 시작하지 못한 답답한 상황에서 돌파구를 찾기 위해 삼각산 정상에 올라가 '망월동' 묘역을 응시해 보지만 소설은 여전히 써지지 않는다. "정말 특단의 조치가 필요한 시점"이라고 안타까워하고 있을 무렵, '나'는 선친과 함께 북한군에게 잡혀갔다 행방불명 되었던 '김재팔'의 방문을 받는다. 유복자로 태어난 '나'는 아버지는 물론 재팔 아저씨의 얼굴조차 알지 못했지만 돌아가신 어머니에게 여러 차례 재팔 아저씨의 이야기를 들었던 터이라 그를 반갑게 맞이한다. 아저씨는 거제 수용소에서 풀려나 제3국을 택해 이 땅을 떠났다가 이제야 한국을 방문하게 되었노라고 설명한다. '나'는 아저씨의 이야기를 통해서 북한군에게 잡혀간 채 연락이 두절

---

2) 정재림, 『한국 현대소설과 전쟁의 기억』, 한국학술정보(주), 2013.

된 아버지의 소식을 접하게 된다.

'나'의 아버지는 가정 형편 때문에 상급학교에 진학하지는 못했지만 두뇌가 명석하다는 칭찬을 듣곤 했던 인물이었다. 그런데 6·25전쟁은 아버지의 평안하고 단란한 삶을 송두리째 흔들어 놓는 계기가 된다. 아버지가 북한군에게 잡혀 간 때는 유엔군의 인천상륙작전으로 북한군이 수세에 몰리던 시점이었다. 퇴로가 막힌 북한군은 밤마다 인근 마을을 습격해서 생필품을 약탈할 뿐만 아니라, 마을의 청장년을 징발하여 짐을 빨치산의 아지트로 옮기게 하곤 했다. 뿐만 아니라 아지트의 위치를 알았다는 이유로 짐꾼들을 즉결처분했기 때문에, 마을의 청장년들은 지서 부근의 합숙소에서 긴긴 밤을 지새야 했다고 한다. 그런데 어느 날 임신한 아내가 걱정되어 아버지는 재팔 아저씨와 함께 아내를 만나러 왔다가 북한군의 눈에 띄어 징발을 당한다. 그때 이후로 아버지의 생사를 확인할 수 없었기 때문에, '나'의 가족들은 징발되었던 날을 기일(忌日)로 하여 제사를 지내곤 해왔다. 그런데 브라질로 이민을 갔다가 반세기만에 한국 땅을 찾아온 재팔 아저씨는, 징발된 이후의 아버지의 행적에 대해 이야기를 들려준다.

> "그랬겠지. 자네 집안과는 보통 인연이 아니었으니까……. 자네, 등산 좋아하나?"
> 노인은 본론을 끄집어낼 생각은 않고 뚱딴지 같은 말로 변죽만 올리고 있었다.
> "네, 산악회에도 가입해 활동중이며……. 아무튼 산 애호가입니다."
> "그렇다면 이름도 특이한 흰까마귀산을 잘 알겠구만?"
> "알다마다요. 우리 산악회에서 그 산 정상 마당바위를 여러 차례 답

사했는데요."

"그랬었구만. 자네가 몰라서 그렇지 그곳은 자네 선친과 깊은 연관이 있는 곳이네. 무덤이라고나 할까······."

"네? 무덤이라니요. 누구의 무덤이란 말입니까?"

나는 소스라치게 놀라며 노인의 입에서 시선을 떼지 못했다.[3]

재팔 아저씨는 '나'가 여러 차례 방문한 적이 있었던 흰까마귀산 마당바위가 아버지의 무덤이나 마찬가지라는 놀라운 소식을 전해준다. 아저씨의 증언에 의하면, 아버지와 아저씨는 목숨을 부지하기 위해서 북한군에게 거짓 충성을 맹세하고 자진하여 빨치산이 되었다. 거짓 충성으로 일단 목숨을 유지할 수는 있었지만, 군경 토벌대의 압박이 점차 심해져 아버지와 재팔 아저씨가 속한 군대는 지리산으로 퇴각하게 되었다. 빨치산 부대는 난공불락의 요새인 흰까마귀산 마당바위에 진을 치고 토벌부대와 대치하였지만, 공군의 무차별 공격 앞에 난공불락의 요새도 무너질 수밖에 없었다. 그리고 아버지는 전폭기에서 쏘아대는 기관총탄에 가슴을 맞고 죽었다는 것이다. 재팔 아저씨는 토벌대에 붙잡혀 거제도 포로 수용소에 있다가, 제3국인 브라질로 이민을 가게 되었다. 과거의 이야기를 들려준 재팔 아저씨는 이제부터라도 제대로 된 날짜에 제사를 모시고 마당바위의 흙 한 줌이라도 퍼다가 봉분을 만들라고 당부한다.

그렇다면 '나'의 아버지가 흰까마귀산의 마당바위에서 비극적인 죽

---

3) 신동규, 「흰까마귀산」, 『흰까마귀산』, 신아출판사, 2006, 76면(앞으로의 인용은 면수로 대신함).

음을 맞았던 까닭은 무엇인가. 그가 거짓 충성을 맹세하고 공산주의
자가 되었기 때문이라고 해야 할 것이다. 그러나 좌익 사상과 아무 관
련 없이, 단지 목숨을 부지하기 위해 선택한 것이었다면 그것은 '강요
된 선택'이다. 그러므로 비극의 원인은 선택을 강요한 전쟁과 이데올
로기에 있다고 할 수 있다.[4] 그리고 흰까마귀산의 마당바위는 아버지
의 비극, 나아가 역사의 비극이 서려 있는 역사적 장소인 것이다.

　그런데 이 소설에서 '나'가 겪는 글쓰기의 곤혹스러움과 재팔 아저
씨의 등장이 맞물려 있다는 점에 주목할 필요가 있다. 일종의 '소설가
소설'인 「흰까마귀산」은 재팔 아저씨의 등장으로 인해 '나'의 막혔던
소설쓰기가 해결되는 형국을 취하고 있기 때문이다. 따라서 반세기만
에 아버지의 소식을 가지고 갑작스레 등장한 재팔 아저씨는 아버지를
추모하기 위해 등장한 상징적 인물이라고 할 수 있다. 상흔이 치유되
기 위해서는 정당한 '망자추모(亡子追慕)'의 절차가 필요한데,[5] 재팔
아저씨의 이야기는 한국의 비극적 역사 속에서 희생된 영혼에 대한
'애도작업'이자, '추모행위'라는 의미를 갖는다. 이 소설이 '나'가 아버
지의 역사를 아이들에게 말해주는 것으로 마무리되는 것도 여기에 이
유가 있다. 비록 아버지의 행위와 선택이 "떳떳하지 못한 행적"일지라
도 아버지의 삶과 죽음을 후대에 전함으로써, '나'는 중간세대의 사명
을 다해야 하기 때문이다.

---

4) 신동규, 「작가의 말」, 『흰까마귀산』, 신아출판사, 2006.
　　작가의 말에서 말한 "이데올로기의 부산물인 이념적 갈등 때문에 애꿎게 희생된
　　민초"의 전형이 「흰까마귀산」의 '나'의 아버지인 것이다.
5) 알라이다 아스만, 변학수 외 역, 『기억의 공간』, 경북대학교 출판부, 2003, 45면.

"할아버지의 혼백을 맞으러 화순 땅 북면에 있는 흰까마귀산으로 가
는 거다."

"……."

자식들은 영문 몰라 눈망울만 멀뚱거리고 있었다. 나는 자식들에게
마당바위의 전설 같은 얘기를 들려주었다. 내가 솟구치려는 눈물을 겨
우 참으며 장황한 얘기를 들려주는데도, 애들은 남의 얘기인 것처럼
무대응 무표정으로 일관했다. 그러나 나는 그런 녀석들에게 '뿌리를
외면하는 고얀 것들!' 일갈할 처지도 못 되었다. 할아버지가 국가에 공
을 세운 유공자도 아니고, 드러내놓고 자랑할 건덕지도 못되는, 아무
튼 떳떳하지 못한 행적에 대한 고민이 내재되어 있는 때문이었다. 고
서, 청평을 경유하여 문재 몰랭이를 넘고, 갈전 삼거리를 지나 북면
소재지에 이르자, 흰까마귀산 정상이 빤히 바라다보였다. 언제나 변함
없는 흰까마귀산 아니, 아버지의 환영은, 영롱한 햇빛 아래 온몸을 드
러낸 채 의연하게 가부좌로 앉아 나를 향해 손짓하고 있었다. (86면)

3. 죄책감과 추모의 형식

「흰까마귀산」에서 '흰까마귀산 마당바위'가 역사의 비극을 상징하
는 장소라고 한다면, 「실종의 미학」에서는 '지리산 달궁 마을'이 그러
한 역할을 담당한다. 이 소설의 주인공 역시 소설가인데 '나'는 며칠
전 꾼 꿈 때문에 지리산 산행에 동참하게 된다. '나'는 지리산 달궁 마
을에서 열린 빨치산 축제의 씨름대회와 관련한 꿈을 꾼다.

며칠 전, 나는 참으로 희한한 꿈을 꾸었다. 그 뒤숭숭한 꿈은 오늘

'기쁨산악회' 지리산 산행에 참여하게 된 동기도 되었다.

'청삿바아! 회문산에서 참가한 김막동 동지! 홍삿바아! 유치 지구에서 참가한 박쇠돌 동지!'

모래판 한 가운데에 선 심판장이 좌중을 둘러보며 큰 소리로 호명했다. 그 외침이 내 귀에는 천둥소리로만 들렸다. 지리산 달궁 마을이라고 했다. 씨름 대회가 열리고 있는 마을 앞 논배미는 많은 인파로 발디딜 틈이 없었다.

(…중략…)

밀고 밀리기를 한 식경, 마침내 승부가 결정났다. 유치 지구에서 참가한 선수가 승리한 것이었다.

"멀리 유치 지구에서 출전한 박쇠돌 동무가 3전 2승의 전적으로 씨름 부문 우승을 차지했습네다!"

인민군 장교 복장을 한 심판장이 우승자의 한 손을 치켜올리자 와! 와! 관중들의 환호성이 울려퍼졌다. 환호성은 하늘을 찌르고 지리산 골짜기 사방으로 찌렁찌렁 번져가고 있었다. 다급한 요의(尿意) 때문에 나는 잠에서 깨어났다. 꿈이었다.[6]

'나'는 꿈에서 깨어나고도 "멀리 유치 지구에서 출전한 박쇠돌 동무가 3전 2승의 전적으로 씨름 부문 우승을 차지했습네다!"라는 외침이 생생했다고 말한다. 왜냐하면 '박쇠돌'은 씨름꾼으로 유명했던 아버지의 이름이기 때문이다. '나'의 아버지는 '골수 좌익'인 선배의 꾐에 빠져 좌익편에 섰다가, 북한군의 패주와 함께 지리산 유치 산골로 입산하게 되면서 소식이 끊겼다. 아버지의 생사를 확인할 수 없기 때문

---

6) 신동규, 「실종의 미학」, 『흰까마귀산』, 신아출판사, 2006, 33-35면.

에, '나'의 집에서는 아직까지도 아버지의 제사를 모시지 못하고 있는 상황이다. '나'는 아버지의 행방을 찾기 위해 빨치산에 관련한 수기와 소설을 탐독하지만 어디에서도 아버지와 관련한 기록을 찾지 못했다. 다만, "지리산에 은거한 빨치산들은 그들의 기념일을 맞아 지휘부가 위치한 달궁 마을에서 체육대회를 열었는데, 유치 지구에서도 씨름 선수가 참가하였다."는 어느 대하 소설의 한 구절을 읽으며, 유치 지구에서 출전한 씨름 선수가 아버지가 아닐까라고 상상한 것이 전부이다. 그러니까 그 씨름 선수가 아버지일 것이라는 환상이, '나'로 하여금 달궁 마을의 씨름 대회와 관련한 꿈을 꾸게 작용한 것이라고 할 수 있다.

'나'의 아버지 이야기와 함께 서사의 다른 한 축을 이루는 것은 산행을 돕는 총무의 아버지 이야기이다. 그녀의 아버지는 이름난 사냥꾼이었는데, 조수(鳥獸) 포획 작전에 차출되었다가 행방불명 되었다는 것이다. 실종된 지 2년이 지난 후, 그녀의 아버지 시신은 집 근처 무등산 계곡에서 발견되었다고 한다. 그녀의 아버지의 죽음은 5·18시위 참가에 대한 국가 권력의 응징이었음이 암시된다. 그런 점에서 씨름꾼인 '나'의 아버지나 사냥꾼인 그녀의 아버지는 역사의 희생양이라는 점에서 공통점을 갖는다. 이런 이유로 해서 지리산을 등반하는 두 사람은 아버지의 과거를 이야기하며 '동병상련'을 느낀다. '적/동지'만이 존재하는 극한적 상황에서 이데올로기는 죄 없는 양민들에게 강요된 선택을 종용하고, 선택의 기로에서 힘없는 민중은 무참히 희생되곤 해왔다. 이데올로기와 무관하고자하는 개인의 소망과는 관계없이, 개인은 종종 이데올로기의 위력 앞에 무방비적으로 노출되기 마련인 것이다.

그런 점에서 지리산을 오르며 '나'와 그녀가 주고받는 아버지에 대한 이야기에 주목할 필요가 있다. 이들의 행위는 일종의 '기억하기' 행위라고 할 수 있다. 즉 '실종'된 아버지를 '망각'하지 않고 '추모'하기 위해서 이들은 아버지의 역사를 말한다고 볼 수 있다. 그리고 '지리산'에서 이들의 이야기가 만개할 수 있는 까닭은, 이 '산'이 과거의 사건들을 품고 있는 '기억의 공간'7)으로 작용하기 때문이다. '나'와 그녀는 그들의 아버지가 실종된 지리산에서 아버지의 역사를 말함으로써 아버지를 기억해내는 한편 또한 아버지를 추모하는 것이다.

「위령제」, 「할머니의 나들이」에 오면, 역사의 질곡 속에 희생당한 영혼을 추모하는 방식이 좀 더 구체화된다. 주인공 '나'는 댐 건설로 물에 잠기게 될 '유치' 계곡을 소재로 다큐멘터리를 찍겠다는 PD 후배의 길잡이가 되어 '기억산'에 오르게 된다. 수몰될 유치 지역은 '나'의 고향이다. 그래서 "정상에서 고향 땅을 굽어보는 내 감회는 착잡하기 그지없었다."

그런데 '나'의 착잡한 심정은 고향이 사라지는 단순한 감상에서 비롯된 것이라기보다, 유년 시절의 죄의식과 관련된 것이라는 점에서 문제적이다. '나'는 산 정상에 올라 고향 땅을 내려다보며, 호기심 많던 어린 시절 친구 '진식'과 '엉골'의 아흔 아홉 골짜기를 탐험했던 일을 떠올린다. 골짜기 이곳저곳을 누비던 '나'와 진식이는 엉골 골짜기의 용바위 동굴 근처에서 도망치는 수상한 사람을 발견한다. 이들은 그 사람이 '공비'일지도 모른다는 생각에 집으로 달려가고, 말을 전해

---

7) 알라이다 아스만, 앞의 책, 391–392면.

들은 어머니는 '나'에게 이 사실을 아무에게도 말하지 말라는 엄명을 내린다. 왜냐하면 도망치던 바로 그 사람이 외삼촌이었기 때문이다. 역사의 희생양이라는 점에서 외삼촌은 신동규 소설에서 자주 접할 수 있는 인물 유형이다.

두뇌가 명석한 외삼촌이었지만 상급학교에 진학할 수 없었다. 겨우 초등학교를 마친 외삼촌은 농사꾼으로 전락하고 말았다. 실력은 자신보다 못하면서도 상급학교에 진학해 교복을 입고 뻐기는 부유한 친구들을 보며 외삼촌은 고르지 못한 세상을 원망하였다. 외삼촌은 골수에 벤 궁핍 사상 때문에 훗날 쉽게 공산주의자들에게 포섭되었는지도 모른다.
　(…중략…)
호사다마였는지 소정의 고된 훈련을 마치고 부대 배치를 받자마자 여순사건이 발발하고 말았다. 명령에 살고 명령에 죽는 특수 조직에서 외삼촌은 한 그물 고기 신세였다. 외삼촌은 대한민국 정부에 반기를 든 반란군의 일원이 된 것이었다. 반란부대는 여수 순천 지역을 일시 장악했지만 기민한 정부의 진압 작전에 버텨내지 못했다. 여순사건은 7일 천하로 종말을 고했다. 반란군들은 군경 토벌부대의 공격으로 사상자가 부지기수였다. 요행으로 목숨을 건진 패잔병들은 깊은 산 속으로 숨어들 수밖에 없었다. 외삼촌은 패잔 부대에 휩쓸려 지리산에 은거하다가 몰래 산을 내려와 대한민국의 품에 귀순하였다. 당시 당국에서는 귀순자를 관대하게 처분하였으므로 외삼촌은 곧 자유의 몸이 될 수 있었다. 고향으로 돌아온 외삼촌은 지난날의 과오를 뉘우치며 새로운 삶을 살고 있었다.
그러나 세상은 외삼촌을 그대로 두지 않았다. 나무는 조용하고자 하나 바람이 그치지 않는다(欲樹靜不風止)더니 정말 그짝이었다. 여순 사건 2년 후인 1950년에 발발한 6·25전쟁은 외삼촌의 운명을 뒤바꿔 놓고 만 것이었다.[8]

외삼촌은 1948년 여순반란사건 때에 반란군의 편에 섰다가 귀순한 전력이 있던 인물이다. 그리고 2년 후 6·25전쟁이 발발하자 외삼촌은 자신의 의지와는 무관하게 인민공화국 내무서 일을 맡아보게 되었다. 인민군이 패주하여 후퇴하는 상황이 되자, 외삼촌은 용바위 동굴에 숨어 지내며 자수할 시기를 엿보고 있었다. 하지만 진식이의 신고로 경찰이 출동하게 되고, 경찰의 총에 맞아 외삼촌은 죽고 만다. '나'는 자신이 외삼촌을 죽음으로 몰아넣은 장본인이라는 죄책감을 안고 살아간다. 그런 까닭에 '나'는 고향 마을이 수몰되기 이전에 외삼촌이 숨어있던 동굴을 찾아가 제사의식을 치름으로써 외삼촌의 망령을 위로하고자 하는 것이다.

외삼촌의 죽음으로 말미암아 외가의 가계(家系)는 끊기고 말았다. 멸문지화란 바로 이런 경우를 두고 하는 말이었다. 외할머니 생전에는 집안의 기제사를 당신이 노구를 이끌고 손수 모셨으나 외할머니가 돌아가시자 그 일은 출가 외인인 어머니의 몫으로 돌아왔다. 그렇다면 어머니 사후 외가의 기제사는 누가 받들어 모신단 말인가? 그런 의문에 봉착할 때마다 나는 올무에 걸린 짐승처럼 심한 괴로움에 시달려야만 하였다. (168면)

---

8) 신동규, 「위령제」, 『흰까마귀산』, 신아출판사, 2006, 165-166면.

그리고 엉골 골짜기의 용바위 동굴을 매개로 하여 외삼촌의 서사와 외조부의 서사가 겹쳐진다. 외조부 또한 한때 용바위 동굴을 도피처로 사용한 적이 있었기 때문이다. 3·1독립만세를 주도했던 외조부는 일경(日警)의 눈을 피하기 위해 용바위골 동굴에 숨어 지냈었다. 그래서 부자가 머물렀던 용바위 동굴은 두 세대에 걸친 역사가 깃들어 있는 역사적 장소라는 의미를 부여받게 된다.

아버지의 서사와 아들의 서사, 3·1독립만세와 6·25전쟁의 병치·반복은 작위적이라는 비판을 받을 수 있다. 하지만 '엉골'에 부여된 다중적 의미는 이러한 작위성을 덜어내는 역할을 한다. '생태계의 보고'라고 칭해지는 '엉골'이 역사의 변천에 따라 수난을 겪어왔다는 사실에 주의할 필요가 있다. 그곳은 대동아전쟁 때 관솔 기름을 만든다고 소나무를 베어내 민둥산이 되기도 했었고, 6·25전쟁 때는 공비의 은신처라는 이유로 온 산의 나무가 베어지는 수난을 당하기도 했었다. 역사의 광풍이 불 때마다 몸살을 앓아야 하는 '엉골'의 자연계는, 그러므로 격동하는 역사 속에서 수난의 대상이 되어온 민중의 모습과 닮아 있다고 할 수 있다.

역사적 비극에 대한 부채의식을 안고 있는 '나'가 환경 보호에 적극적으로 나서는 이유도 이 때문일 것이다. '나'는 퇴직 후 환경대학에서 소정의 과정을 거치고 '환경지킴이' 자격을 얻어서 휴일마다 무등산에 올라 환경 감시에 힘쓴다. 신동규의 소설에서 자연에 대한 지극한 관심은 비극적 희생자에 대한 관심과 크게 다르지 않은 듯하다. 그렇다면 '나'가 '생태계의 보고'이자 역사적 장소인 엉골의 수몰을 착잡한 심경으로 바라본다는 것은 단순하게 볼 문제가 아니다.

　　담수가 시작되면 고향 마을은 물론 엉골의 모든 것도 물에 잠길 것
이다. 나는 이번 기회에 반세기 전에 유명을 달리한 외삼촌의 넋을 위
로하는 행사를 현장에서 갖고 싶었다. 취재 나온 후배 PD에게 역사의
현장을 보여주어 카메라에 담음으로서 영원한 기록으로 남길 욕심도
있었다. (177면)

　수몰은 긍정적인 의미와 부정적인 의미 둘 다를 갖는다. 「흰까마귀
산」의 '나'가 눈물을 글썽이며 할아버지의 삶에 대해 이야기하더라도
자식들은 무관심하거나 시큰둥한 반응을 보이던 것에서 보았듯, 새
시대의 주역인 전쟁 미체험 세대는 전쟁에 대해 무관심하다.9) 세대론
적 구분에 기대어 본다면, 전쟁 체험 세대, 유년기 전쟁 체험 세대,
전쟁 미체험 세대의 전쟁에 대한 반응은 상이할 수밖에 없다. 성인이
었든 유년기였든 전쟁을 체험한 세대가 가슴에 전쟁의 화인(火印)을
새긴 채 살아가는 것과 대조적으로, 전쟁을 경험하지 못한 세대에게
전쟁은 관념적이거나 추상적인 어떤 사건으로 존재할 뿐이다. 그러므
로 지난 시대의 상흔이 새겨진 '옹골' 지역의 수몰은 지난 시대의 기억
들이 망각의 더미에 묻혀버린다는 상징적 의미를 갖는다.10)
　하지만 수몰과 망각이 반드시 부정적인 의미를 갖는 것만은 아니다.
영원히 기억한다는 것, 기억에서 벗어나지 못한다는 것은 끔찍한 것

---

9) 전쟁체험 세대, 유년기 전쟁체험 세대, 전쟁 미체험 세대의 '세대론적 유형화'의
　의미와 한계, 그리고 기억하기와 애도작업의 관계에 대해서는 정재림, 앞의 책,
　5-20면 참고.
10) 전쟁기억의 망각을 수몰로 상징화하는 작법은 전상국의 「아베의 가족」에서도
　발견된다.

이며, 그런 이유로 기억에 붙들린 상태는 진정한 '애도작업', '추모작업'이라고 말할 수도 없다. '애도작업'은 대상을 떠나보내는 행위이며, 어느 정도의 망각을 전제로 하는 것이기 때문이다. 그렇다면 '나'가 동굴을 찾아가 외삼촌과 외조부, 그리고 "전국 각처로 뿔뿔이 흩어져버린 모든 수몰 실향민들"을 위하여 제(祭)를 올리는 행위는 '애도작업'의 일환이라고 이해될 수 있다.

> 동굴 안으로 들어와 잠시 숨을 고른 나는, 배낭에서 준비해 간 제수용품을 꺼내 서투른 동작으로 제상을 차렸다. 홍동백서, 어동육서, 좌포우혜……. 전래의 예법에 익숙하지 못한 나는 고리타분한 격식에 얽매이기 싫어 아예 절차를 무시한 채 정갈한 몸가짐으로 아무렇게나 제물을 차리고 향을 피운 다음 술잔을 채웠다. 옷매무새를 가다듬은 나는 무릎을 꿇고 절을 하기 시작했다. 처음 2배(拜)는 할아버지의 몫이었고 다음 2배는 외삼촌의 몫이므로 4배만 올려야 마땅하였으나 나는 멈추지 않고 마치 리모컨으로 조종되는 기계 인간처럼 계속 절을 올리고만 있었다. 나의 이런 거동을 카메라에 담고 있던 이PD가 한 마디 했다.
> "선배님, 그만하쇼. 그러다 무릎 상하겠소. 촬영이 모두 끝났다니까요."
> 후배가 큰소리로 만류하였지만 나는 아랑곳하지 않았다. 나머지 절은 전국 각처로 뿔뿔이 흩어져버린 모든 수몰 실향민들의 몫이었던 것이다. (178면)

동굴에서의 제사 의식은 외할아버지와 외삼촌에 대한 추모의식일 뿐만 아니라, 엉골이 간직하고 있는 비극적 근현대사에 대한 추도의

식이기도 하다. 또한 작가의 소설쓰기 작업이나 후배의 다큐멘터리 제작은 이러한 '애도작업'의 예술적 형상화이다. 글로 쓰고 카메라에 담음으로써, 역사의 질풍 속에서 스러져간 원혼들을 기억해내고 추모하는 것이기 때문이다.

'나'의 죄책감은 과도한 측면을 갖는 것처럼 보이기도 한다. '나'가 친구와 함께 엉골 골짜기를 찾았던 것이나 거기서 외삼촌을 발견한 것은 우연이기 때문이며, 그런 점에서 외삼촌의 참변을 평생 지울 수 없는 '문신'처럼 가슴에 간직한 채 살아가는 '나'의 의식은 과잉되어 보이기도 한다. 하지만 '나'의 죄책감은 운명 공동체 성원의 자의식이란 점에서 의미가 있다. 이는 격동의 역사를 함께 헤쳐온 공동체 성원으로서 책임에서 자유로울 수 있는 사람은 없다는 인식을 반영한다. 적극적인 동조자로서건, 혹은 무책임한 방관자로서건, 모든 이들은 피해자인 동시에 가해자일 수 있기 때문이다. 그렇게 본다면 '나'의 죄의식은 동시대의 역사의 격동을 헤쳐온 성원으로서의 책임감이라고 이해해야 한다.

4. 집단 기억과 문화적 기억의 형성

「흰까마귀산」, 「실종의 미학」의 주인공은 아버지를 기억하여 망각된 아버지의 역사를 복원해 낸다. 한 걸음 더 나아가 「위령제」는 '위령제'라는 문화적 형식을 통해 원혼을 위무해야 함을 암시한다. 「할머니의 나들이」는 또 다른 해결 방안으로 '진혼굿'을 제시한다. '나'는 자신의 "5대조까지의 내력을 살펴보면, 국가의 흥망성쇠와 궤를 같이 하며 질곡과 수난의 역경을 숙명처럼 안고 살았음을 알 수 있다."고 말한다.

5대조의 가족사를 요약하면 이러하다. 고조할아버지는 동학농민혁명의 와중에 비명횡사하였으며, 의병 투쟁에 관여했던 증조할아버지는 '호남의병 대 섬멸작전' 중에 생사가 묘연해졌다. 할아버지는 장성하자 독립운동에 앞장섰는데 일경에 쫓기게 되자 외딴 섬 '금호도'로 숨어들었다. 거기서 금호도 갑부인 최부자 집의 집사로 일하면서 주인집 딸 '최순분'에 대한 연정을 키워갔다. 할아버지는 금호도에서 8·15해방을 맞게 되고, 최순분과 야반도주를 해와서 고향 마을에 정착했다. 노환으로 돌아가신 할아버지는 객사를 면하기는 했지만, 독립운동으로 고초를 겪었기 때문에 조상의 운명에서 크게 벗어났다고 할 수는 없다. 아버지는 광주항쟁 당시 공수부대원에게 쫓기던 학생을 숨겨주었다는 이유로 폭행을 당해 한 팔을 쓰지 못하는 불구자가 되었다.

할머니의 가족 역시 역사적 비극을 피해가지 못했다. 할머니를 짝사랑하던 이웃 마을 청년이 6·25전쟁이 발발하자 좌익 앞잡이가 되어 최부자를 숙청대상 1호로 만들었던 것이다. 반동으로 몰린 최부자 가족은 별암포 앞바다에 수장되었고 온 세간은 몰수당했다. '나'의 가족적 비극은 동학동민혁명, 일제 식민 시기, 6·25전쟁, 광주민주화항쟁과 정확히 일치한다. 개연성이나 핍진성을 차치하고 '나'의 가족사는 한국 근현대사를 조망하기 위한 표본 역할을 하고 있다는 점에서 의의를 갖는다. 그렇다면 유의할 대목은 이 소설이 비극적 근현대사를 넘어서기 위한 해결책으로 무엇을 제시하고 있는가라는 점이다.

> 5·18묘역에서 열린 추모 행사를 마치고 돌아온 그날 밤이었다. 할
> 머니는 당신의 방으로 나를 불러 무릎 앞에 앉혀놓고 반세기 넘게 베
> 일 속에 감추어져 있던 친정 얘기를 상세하게 들려주었다.
> (…중략…)
> "…지금까지 우리 집안과 너의 진외가 집안에 드리워진 모든 횡액을
> 내쫓고, 중음신 신세로 구천을 방황하고 계실 윗분들의 영혼을 달래
> 기 위해서라도 진혼제를 올려야 할 것 같다만……."
> 할머니는 그렇게 말하고는 내 눈치를 은근슬쩍 살피고 계셨다. 이제
> 어엿한 우리 집안의 가장인 내게 그 결정권은 쥐어져 있었던 것이다.
> 할머니."
> 나는 불가의 천도제(遷度齊)나 무속 세계에서 말하는 씻김굿의 의미
> 를 잘 알고 있었다. 해마다 열리는 5·18추모 행사에 씻김굿은 단골
> 식순이어서 여러 차례 목격하였고 죽마고우이며 같은 학교에서 근무
> 하는 친구에게 영향을 받은 바 크기 때문이었다.[11]

가족사적 비극을 '횡액'으로 인식한 할머니가 내린 처방은 죽은 영
혼을 위한 '진혼제'이다. 할머니는 '진혼제'를 통해서 억울하게 죽은
영혼을 위로하고 더 이상의 비극이 반복되는 것을 막고자 하는 것이
다. '나'는 할머니의 제안에 동의하여 죽마고우인 씻김굿의 권위자에
게 굿을 의뢰한다. 그런데 진혼굿이나 위령제를 종교적 차원이 아닌,

---

[11] 신동규, 「할머니의 나들이」, 『흰까마귀산』, 신아출판사, 2006, 216면(앞으로의
인용은 면수로 대신함).

문화적 차원으로 접근할 필요가 있을 듯하다.[12] 이러한 행위는 구천을 떠도는 원혼(冤魂)을 실제로 위로한다는 의미보다는 그 문화적 효과가 더 큰 의미를 갖기 때문이다.

「흰까마귀산」, 「실종의 미학」을 개인적인 기억 행위라고 한다면, 「위령제」, 「할머니의 나들이」는 집단적인 기억 행위라고 할 수 있겠다. 앞의 두 작품에서는 아버지를 기억해내는 일이 과제였다면, 뒤의 두 작품은 그 작업이 결국 위령이나 진혼의 과정으로 귀결됨을 보여준다. 소설 속 아버지는 비극적 한국사의 상징이라고 할 수 있다. 그러므로 아버지의 영혼을 위무하는 것은 지난했던 한국사의 비극, 그 역사의 희생자를 위한 위령제이며, 진혼곡이라는 의미를 갖는다. 또한 위령제나 진혼제라는 문화적 형식을 구비함으로써 과거의 기억을 보존하고 전승한다는 의미도 갖는다.

신동규의 소설은 반공주의의 영향으로부터 자유롭지 못하다는 것,[13]

----

12) 광주민주화운동이나 제주4·3의 희생자들을 위무하는 진혼굿이나 위령제가 광주나 제주도에서 실제로 이루어지며, 그것의 의미가 문화적 차원에 있음은 주지의 사실이며, 특히 6·25전쟁과 같은 역사적 비극의 극복과 화해를 제의로 상징화하는 것은 한국문학에서 매우 익숙한 문법이라고 할 수 있다.

13) 물론 전쟁을 형상화하는 방식에서 한계가 보이지 않는 것은 아니다. 먼저 공산주의자를 형상화할 때마다 이들의 선택이 이데올로기와는 무관한 생존을 위한 선택이었음을 강박적으로 강조하는 대목을 지적할 수 있다. 「흰까마귀산」의 아버지는 맑스와 레닌 사상을 알지 못한 상태에서 단지 살기 위해서 공산주의자가 되었고, 「실종의 미학」의 아버지는 자진해서 공산주의자가 되긴 했지만 '좌익골수' 선배의 꼬임에 빠졌다고 설정되어 있다. 「위령제」의 외삼촌은 여순반란사건에 연루되었지만 곧 회개하여 자수하고, 이후 공산주의자가 되지만 그것은 불가항력적인 압력 때문이었다고 설명한다. 이러한 형상화 방식은 유년기 전쟁 체험 세대로서의 작가가 반공 이데올로기로부터 완전히 자유롭지 않음을 보여주는 증거

민중을 일방적인 희생양으로 설정하여 민중의 주체성이 약하게 되는 결과를 초래했다는 한계를 갖는다. 하지만 한국의 비극적 역사를 '기억하기'라는 과제와 연관하여 의미 있는 형상화를 시도하였다고 평가할 수 있다.

＿참고문헌

신동규, 『운명에 관하여』, 신아출판사, 2001.
신동규, 『흰까마귀산』, 신아출판사, 2006.
알라이다 아스만, 변학수 외 역, 『기억의 공간』, 경북대학교 출판부, 2003.
정재림, 『한국 현대소설과 전쟁의 기억』, 한국학술정보(주), 2013.

일 것이다.

현대소설의 탈국가적 상상력

1. 서론

전지구적 자본주의와 세계화의 추세 속에 오늘날의 '국경'은 예전의 국경과 다른 의미를 갖게 되었다. 정치, 경제, 문화 분야의 세계적 교류에 의해 국경을 넘는 일은 예사로운 일이 되었고 '국가'나 '민족'과 같은 국경도 다소 느슨해진 것 같다. 하지만 국경이 와해되고 느슨해지고 있다는 진단은 외적인 관찰과 진단이기 쉬운데, 왜냐하면 자국중심주의, 자문화중심주의에 의해 내적인 국경은 더욱 완고해졌다고 볼 수 있기 때문이다. 미국이나 유럽에서 계속 발생하는 인종 차별 사태나 우리나라에서 벌어지는 제3세계 차별은 눈에 보이지 않는 국경이 완고해졌음을 증명하는 사례일 것이다.

2000년대 이후 한국문학에서 국경 횡단의 소재가 자주 등장하는 것 역시 이러한 상황과 맞물려 있다. 2000년 이전까지의 소설에서 국경 넘기가 낭만적인 차원에서 활용되었다면, 2000년대 이후 소설은 국제결혼, 이주노동자, 탈북자 등의 사회현상을 직간접적으로 반영한 것이라는 점에서 차별성을 갖는다.[1] 최근 한국소설에서 소설적 공간으로 한반도 외부를 차용한 소설들을 드물지 않게 만나게 된다. '국경'

을 넘은 바깥의 공간은 '지금-여기'를 반성하는 거울이 되기도 하고, 반대로 '지금-여기'의 일상성과 누추함을 가려주는 베일로 작용하기도 한다. 여기에서는 국경 넘기의 다른 양상을 보여주는 전성태의 소설과 정미경의 소설을 살펴보고자 한다.2)

2. 이국 공간과 환상

2006년 '이상문학상' 수상작인 「밤이여, 나뉘어라」의 배경은 이국적 정취가 물씬 묻어나는 노르웨이의 '운자 크레보'이다. 작가주의를

---

1) 한국문학에 나타난 탈국가적 상상력에 대한 연구로 다음을 참고.

고인환, 「탈북자 문제 형상화의 새로운 양상 연구」, 『韓國文學論叢』 52, 2009.

문재원, 「이주의 서사와 로컬리티:『나마스테』와 『잘가라, 서커스』에 재현된 이주 공간」, 『韓國文學論叢』 54, 2010.

박숙자, 「여성의 몸을 탐하는 남성의 서사: 황석영의 『심청』과 김영하의 『검은 꽃』」, 『여성과 사회』 16, 2005.

박진임, 「국경넘기와 이주의 시학」, 『한국현대문학연구』 11, 2002.

연남경, 「다문화 소설의 탈경계적 주체 연구: '이방인'의 정체성을 중심으로」, 『현대문학이론연구』 49, 2012.

오윤호, 「탈북 디아스포라의 타자정체성과 자본주의적 생태의 비극성」, 『문학과 환경』 10, 2011.

2) 이 글은 분석의 대상을 전성태의 소설과 정미경의 소설로 제한하였다. 이 외에도 김영하의 『검은꽃』, 김연수 「뿌넝쉬」, 박범신 『나마스테』, 천운영 『잘 가라, 서커스』 등의 소설에 나타난 이주, 국경 넘기, 이주노동자의 양상도 중요하지만 이는 이미 다룬 바 있으므로 생략하였다(정재림, 「'우리'였다가, '우리'일 것이었다가, 결국 '그들'인: 최근 문학(담론)에서 '이주노동자'가 재현되는 방식에 대한 단상」, 『기억의 고고학』, 보고사, 2008 참고).

지향하는 영화감독인 서술자 '나'는 고등학교 동창인 P를 만나기 위해 시사회 일정에 노르웨이 오슬로를 추가한다. 그러나 '나'가 P를 방문하는 복적이 순전히 우정에만 있는 것은 아니다. '나'는 P와 같은 고등학교와 의과대학을 나왔는데, 성적은 물론이거니와, 문학적 감수성이나 상상력, 연애에 이르기까지 '나'는 단 한 번도 P를 이겨본 적이 없었다. 항상 1등은 P의 몫이었으므로 둘의 관계를 라이벌이라고 말할 수도 없을 것이다. '나'에게는 달려가는 P의 등을 목표 삼아 부지런히 뛰어보는 길밖에 허락되지 않았다. P가 '나'의 욕망의 대상이었기에, 논문을 포기하고 미국으로 날아가자 '나'는 순간 길을 잃게 된다. P가 자신의 능력으로 넘을 수 없는 산이라는 사실을 깨닫고, '나'는 의학을 포기하고 전공을 영화로 바꾼다. '나'는 자신의 성공한 모습을 보여줌으로써, P에 대한 열패감과 열등감을 보상받고자 한다. 하지만 '운자크레보'에서 자신을 맞아준 P는 구제 불능의 알코올 중독자로 전락해 있었다. 좌표이자 목표였던 P의 망가진 현실을 보면서 '나'는 혼란을 느끼게 된다.

> 강의 저쪽에서 끊임없이 질주하며 나를 유혹하던 너의 등. 그 뒷모습을 응시하며 휴가를 반납할 수 있었고, 바닷물에 몸 한번 담그지 않고 청춘을 보냈으며, 주전자 가득 커피를 끓여놓고 밤을 샐 수 있었는데. 비굴과 모멸을 비타민처럼 기꺼이 받아 삼켰는데. 어쩌면 나의 지난 생은 너의 삶의 그림자였다. 나는 너를 따라잡고 싶었고 겹쳐지고 싶었고 한 번만이라도 너를 밟고 지나가보고 싶었다. 모든 걸 잃은 건 P가 아니라 나인 것처럼, 짓밟힌 모래집처럼, 나는 의자에 푹 주저앉았다.[3]

소설에서 완벽에 가까운 P의 캐릭터나 P와 '나'의 관계, P가 몰두하고 있다는 '러브피아'라는 이름의 신약(新藥) 등은 다소 작위적이다. 그러나 해가 지지 않는 '백야(白夜)' 현상이 지속되는 '운자 크레보'의 이국적, 몽환적 분위기와 절규로 가득찬 뭉크의 그림들은 소설의 약점을 효과적으로 보완해준다. '기억'과 '욕망'이 없다면, 인간은 '핵산'과 '단백질'로 조합된 살덩어리에 불과할 것이다. 그러나 기억과 욕망은, 인간이 핵산과 단백질의 조합물이 아니란 사실을 입증해 주는 대신, 고통과 괴로움이라는 기회비용을 요구한다. 고통의 근원적 제공자인 기억과 욕망은, 그러므로 인간 존재의 그림자이며 어둠이라 할 수 있다. 그러므로 어둠의 그림자를 피하지도 거두어낼 수도 없다는, 또한 그것 때문에 삶이 지속되고 아름답다는 데 인생의 역설이 있다. 욕망 없는, 결핍 없는 삶의 황폐함을 구현해주는 인물이 P이다. "끝없는 하얀 밤"은 천국이 아니라, 오히려 철저한 지옥일 뿐이다. 왜냐하면 "욕망과 어리석음이 없다면, 세상은 클라이맥스 없는 흑백의 무성영화" 같을 것이기 때문이다. 그러기에 '나'는 천국과 같은 '운자 크레보'에서 이틀을 보내고, "나는 벌써 어둠이 그립다."고 고백한다.

「밤이여, 나뉘어라」의 '나'가 자신의 허구적 욕망과 대면하기 위해 노르웨이를 찾는다면, 「무화과나무 아래」의 '나'는 어쩔 수 없는 충동에 이끌려 전쟁분쟁지역으로 취재를 떠나곤 하는 인물이다. '나'는 포탄이 터지면 죽음의 공포에 시달리며 삶 쪽을 향해 달리지만, 막상 서울로 돌아오면 다시 전쟁지역으로 떠나게 된다. '나'는 "삶과 죽음이라

---

3) 정미경, 「밤이여, 나뉘어라」, 『문학사상』, 2005. 12, 139면.

는 두 개의 명제 외엔 모든 것이 무의미한 곳, 짧은 기간 동안 나는 전쟁분쟁지역전문, 이라는 꼬리표를 달게 되었다. 왜? 라는 질문은 수병보나 내가 먼지 했다. 아프가니스탄, 코소보, 알바니아. 이유야 어떻든 폭탄이 터지는 곳이라면 달려가고 보는 나를 나 스스로도 알 수 없었으니까.”라고 자기의 심정을 표현한다. ‘나’가 방문했던 인도나 어느 사막 국가, 전쟁지역은 삶과 죽음이 공존하는 공간들이다.

유행처럼 번지던 인도 열풍에 걸맞은 다큐멘터리를 제작하기 위해 인도를 방문하지만, ‘나’가 만난 것은 평화로움과 신비로움 뒤에 감추어진 가난의 비참함과 카스트 제도의 부당함이었다. 어느 청년의 부당한 죽음을 못 본 체하고 가공된 인도의 이미지를 찍어야 하는 ‘나’는 자신의 작업에 회의를 느끼게 된다. 인도 여행에서 얻은 병으로 신장이 완전히 망가진 ‘나’는, 어느 사막 지역으로 찾아가 사형수의 신장을 이식받아 생명을 부지하게 된다. 하지만 자신이 살기 위해 다른 사람을 죽게 했다는 죄의식에서 벗어나지 못하게 된다. 신의 선물인 망각이 ‘나’에게 허락되지 않은 것인데, 그러기에 ‘나’는 더 이상 “일상의 망각”이 주는 평온함을 누리지 못한다.

나는 나를 피해 어디론가 가는 것이 아니라 나를 찾아 달려가고 있는 것이라 생각한다. 다만 나는 그 길을 외면하고 있을 뿐이다. 멀리 돌아갈 것이 없지 않은가. 나 자신이 한 편의 비루한 다큐인데. 비제이 엄마의 외마디 비명 같은 하소연, 갑작스런 발병, 긴 투병 끝에 얼굴도 모르는 또 한 명의 비제이의 신장을, 아니 목숨을 빼앗은 나, 그런 나를 두고 다른 얼굴의 나를 찾아 헤매고 있는 것이다.[4]

종군기자의 신분으로 죽음이 넘쳐나는 중동의 전쟁 지역으로 떠나면서, '나'는 자신의 기억으로부터 달아나는 셈이며, 동시에 자기 자신을 만나러 가는 셈인 것이다. 부당한 죽음을 당한 청년의 시체가 있던 인도처럼, 장기 이식을 위해 사형수의 죽음을 기다리던 어느 사막처럼, 전쟁지역에서는 무고하고 부당한 죽음이 흘러넘친다. '나'는 평온한 일상의 틈새로 불가해한 죽음을 보았기 때문에, 더 이상 일상적 삶을 살아가지 못한다. 그리고 불가항력적인, 운명적인 충동에 이끌려 목숨을 내놓고 사진기 셔터를 눌러대는 수밖에 없다.

정미경의 「밤이여, 나뉘어라」와 「무화과나무 아래」의 이국 공간은 자기 자신의 욕망과 만나게 되는 지점이며, 불가해한 생의 의미를 밝혀내기 위해 마련된 지점이다. 왜냐하면 일상적이고 익숙한 '이곳'과 달리, 이국의 공간들은 자아로 하여금 세계와 자신을 다르게 볼 길을 펼쳐 보이기 때문이다.

3. 분단국가와 국경넘기의 지난함

전성태의 「국경을 넘는 일」[5]은 단순히 '국경' 외부의 체험을 소재로 가져온 소설이 아니라, '국경넘기', '경계넘기' 자체를 주제로 한 소설이라고 할 수 있다. 이 소설은 캄보디아와 태국의 '국경'에서 한국인

---

4) 정미경, 「무화과나무 아래」, 『발칸의 장미를 내게 주었네』, 생각의 나무, 2006, 64-65면.

5) 전성태, 『국경을 넘는 일』, 창비, 2005.

'박', 독일인 '얀', 일본인 '사까모또' 일행이 입국/출국 수속을 밟는 장면에서 시작한다. 소설은 크게 세 부분으로 나눌 수 있다. 긴장과 불안 속에 이십여 미터의 다리로 된 '국경'을 넘던 '박'이 어디선가 들려온 호루라기 소리에 놀라 뛰는 바람에 공안원에게 조사를 받는 에피소드, 방콕에서 일본 대학생 '구로다'와 일본과 한국의 시사적인 문제에 대해 갑론을박하는 부분, 그리고 여행지에서 만난 일본인 '나오꼬'의 로맨스가 그것이다.

그런데 「국경을 넘는 일」에서 '국경'은 단순히 국가와 국가 사이의 '경계'라는 사전적 의미로 제한되지 않는다. '국경'에는 캄보디아/태국, 남한/북한, 일본(일본인)/한국(한국인), 전체/개인의 '경계' 모두가 내포되며, '국경을 넘는 일'은 이 경계를 넘거나 지우는 일에 대한 비유라고 할 수 있다. 물론 소설 첫 부분에서의 '국경'은 국가간의 실제적 '경계'에서 출발하고 있다. 그러니까 '박'과 '사까모또' 일행은 캄보디아와 태국의 경계에서, 말 그대도 '국경을 넘는 일'을 실행하는 셈이다. '국경'을 '바다'로 경험해온 일본 대학생들에게, '국경'과 함께 DMZ와 철조망, 삼엄한 경계를 자연스레 상상해온 한국인 '박'에게도, 평온하고 일상적인 풍경의 육로(陸路)로 된 국경은 낯선 것일 수밖에 없다. 하지만 이 낯선 '국경을 넘는 일'에서 일본 청년들과 동독 출신의 '얀', 한국인 '박'은 서로 상이한 반응을 보인다.

일본 청년들은 육로로 된 '국경 넘기'를 이국적인 풍물로 경험하며 부지런히 카메라 셔터를 눌러대지만, 분단현실을 살고 있는(혹은 살았던) '박'과 '얀'은 '국경'을 넘으며 그들 무의식에 잠복된 불안을 떨쳐버리지 못한다. 국경을 넘는 다리에 남아 있는 '탄흔'은 '박'의 무의식에 잠복되어 있던 불안과 공포를 증폭시키는 구실을 한다. '탄흔'을 확인하는 순간, 그는 "누군가 등 뒤에서 총부리를 들이대고 있으리라는 공포"를 경험하고, 때마침 들려온 호루라기 소리에 놀라 뛰는 바람에 "밀수범이나 문화재 사범"으로 오해를 받는다.

'박'은 자신의 난데없는 행동에 대해서 "우리에게 국경을 넘는 일은 죽음을 의미하지요. 아마 제 무의식 속에 그런 국경에 대한 공포가 잠재돼 있었던 모양"이라고 설명한다. 그러니까 국경에서의 '박'의 행동은 개인의 일상에 스며들어 있는 분단현실의 힘을 여지없이 증명해 주는 셈이다. 다시 말하면, '국경을 넘는 일'을 "죽음"과 동일시하는 분단국가의 개인에게 '국경을 넘는 일'은 결코 일상적인 경험이 되지 못하는 것이다. 하지만 「국경을 넘는 일」은 분단 이데올로기의 완고함 자체에 초점을 맞추기보다는, 실존적 개인을 분단국가의 구성원으로 포섭하고 환원하는 그 완고함에 주목한다는 점을 눈여겨 볼 필요가 있다.

일본인 대학생 '구로다'와 '박'은 이국 여행지에서 낯선 여행객으로 만나지만, 그들의 만남과 대화는 '일본인', '한국인'이라는 국적(國籍)으로 표상되는 전체의 문제로 환원되어 버린다. '박'은 "일본을 어떻게 보십니까?"라는 질문에 "반일감정을 두고 하시는 말씀이라면 요즘 젊은 세대는 과거에 대해 자유로운 편입니다. 그렇지만 한국인들은 일본의 존재를 식민지 기억과 떼놓고 생각할 수 없습니다."라고 답한다.

즉 전 세대에 비해서 과거의 기억이나 국가의 정체성으로부터 자유롭긴 하지만, 그렇다고 그것으로부터 완전히 자유롭지도 못하다는 답변이다. 그래서 '구로다'와 대화를 나누는 '박'은 "개인과 국가가 모호해지며 혼재"하는 느낌을 받고, '구로다'는 "제가 일본의 대표선수가 된 느낌"이라고 고백한다. 현실 세계에서 무국적자로 존재하는 것이 불가능하듯, '전체/개인'이 빗금(/)에 의해 깔끔하고 손쉽게 분리될 수 없는 것이다. 즉 개인은 전체로 포섭되지 않는 개별성을 갖고 있음에 틀림없지만 그 개별성은 전체의 맥락을 제외시키고는 존재할 수 없다는 설명이다.

'경계'에 대한 고민이 '전체/개인'의 문제에 근접해 오면서, 소설의 후반부는 '나오꼬'와 '박'의 로맨스에 할애된다. 왜냐하면 '연애'는 국가와 민족의 담론으로부터 어느 정도 자유롭다고 줄곧 상상되어 왔기에. 일본 청년들과 시사적인 대화를 나누었던 것과 달리, '박'은 '나오꼬'와 벚꽃에 대한 추억이나 사랑, 이별과 같은 사적인 대화를 나눈다. 이들의 짧은 연애에서 이들은 '일본인', '한국인'이라는 국가 정체성의 문제로부터 어느 정도 비껴서 있는 게 사실이다. 하지만 여전히 '나오꼬'는 "한국 사람들은 일본인을 싫어한다면서요? 그래서 저는 당신이 저를 싫어할까봐 두려워요."라고 고백하며, '박'은 "내가 한국인이라서 그래? 나도 네가 무서워."라고 소리친다.

'박'이 '나오꼬'와 처음 대화를 나누며 "뭔가를 뛰어넘은 느낌이었다. 외부의 어떤 세계가 아니라 자신의 내부를 뛰어넘은 것 같았다."고 느끼다가, 곧 "뭔가를 뛰어넘었다고 생각했으나 알고 보니 제자리인 자신을 발견하는 기분"을 느꼈던 이유는 이 때문이다. 마치 한국인의 사유에서 벚꽃이 그저 아름다운 꽃으로 존재하는 것이 아니라, 거기에 항상 일본의 국화(國花)라는 이미지가 따라붙듯 것처럼, '사랑'으로 표상된 가장 내적인 장소에서도, 전체와 전적으로 무관한 개인이 존재할 자리는 없는 셈인 것이다.

그러나 「국경을 넘는 일」의 '국경넘기'가 좌절되었다고 볼 수는 없을 듯하다. 왜냐하면 "너는 그냥 어린 계집아이일 뿐이야."라며 '박'은 끝까지 '나오꼬'를 '일본인' 여성이 아닌 "그냥 어린 계집아이"로 호명하고 있기 때문이다. 또한 작가의 관심은 '경계넘기'의 성패가 아닌 '경계넘기'의 지난함 혹은 그 가능성의 타진에 있었을 것이다.

4. 결론

이전 시대까지 견고하였던 국경은 2000년대 이후 그 경계가 흐릿해지기 시작하였다. 이주와 이산, 세계화의 심화로 인한 징후라고 볼 수 있는데, 2000년대 소설에서 '해외 여행' '이주' '이산' '탈북자' '이주노동자' 등의 국가와 국경을 넘어서는 장면을 목도하는 것은 어려운 일이 아니다. 이 글에서는 정미경의 「밤이여, 나뉘어라」, 「무화과나무 아래」, 전성태의 「국경을 넘는 일」에 나타난 탈국경의 의미를 살펴보았다.

정미경 소설의 이국 공간은 자기 자신의 욕망과 만나게 되는 장소이자, 불가해한 생의 의미를 밝혀내기 위해 마련된 공간이다. 일상적이고 익숙한 '이곳-한국'과 달리, 자아로 하여금 세계와 자신을 달리 볼 방식을 제시한다는 점에서 정미경은 가장 보편적인 의미에서의 탈국가적 상상력을 활용한 것이라고 볼 수 있다. 하지만 이 이국 공간이 추상적이고 낭만화된 공간이라는 점은 한계라고 할 수 있다. 반면 전

성태의「국경을 넘는 일」은 국경을 넘는 에피소드를 통해 전체와 개인
의 문제, 분단국가의 문제를 구체적으로 다루고 있다. 이전과 비교할
수 없을 만큼 국경을 넘는 일이 자유로워진 것과 대조적으로, 한국인
에게 국가나 민족의 경계 넘기는 여전히 쉽지 않은 일임을 보여준다.

__참고문헌

고인환,「탈북자 문제 형상화의 새로운 양상 연구」,『韓國文學論叢』52, 2009.
문재원,「이주의 서사와 로컬리티:『나마스테』와『잘가라, 서커스』에 재현된 이주 공간」,
　　　『韓國文學論叢』54, 2010.
박숙자,「여성의 몸을 탐하는 남성의 서사: 황석영의『심청』과 김영하의『검은꽃』」,
　　　『여성과 사회』16, 2005.
박진임,「국경넘기와 이주의 시학」,『한국현대문학연구』11, 2002.
연남경,「다문화 소설의 탈경계적 주체 연구: '이방인'의 정체성을 중심으로」,『현대문
　　　학이론연구』49, 2012.
오윤호,「탈북 디아스포라의 타자정체성과 자본주의적 생태의 비극성」,『문학과 환경』
　　　10, 2011.
전성태,『국경을 넘는 일』, 창비, 2005.
정미경,「밤이여, 나뉘어라」,『문학사상』, 2005. 12.
정미경,「무화과나무 아래」,『발칸의 장미를 내게 주었네』, 생각의 나무, 2006, 64-
　　　65면.
정재림,『기억의 고고학』, 보고사, 2008.

제3부

서양 영화의 '호접몽' 모티프 전유 양상 연구

영화에 나타난 '기억 모티프'의 활용 양상

문학이론을 활용한 문학교육 시론

서양 영화의 '호접몽' 모티프 전유 양상 연구

─영화 〈매트릭스〉와 〈오픈 유어 아이즈〉를 중심으로

> 도대체 장주가 꿈에 나비가 되었을까?
> 아니면 나비가 꿈에 장주가 된 것일까?
>
> ─『장자』〈내물편〉 중

1. 서론

　장자의 나비 꿈 이야기는 『장자(莊子)』에서 가장 유명한 이야기일 것이다. '호접몽'이라 불리는 이 우화는 간명하면서도 문학적인 방식으로 장자 철학의 심오한 내용을 제시해 준다. 즉 현대의 독자는 이 짧은 이야기 속에서 '나비와 장주가 다르지 않다' 혹은 '나비와 장주를 분별하지 말라'는 장자 철학의 교훈을 즉각적으로 간취해낼 수 있다. 이처럼 우리가 '호접몽'을 경유하여 장자 철학의 핵심 가까이에 신속하게 도착할 수 있는 이유는 일차적으로 텍스트 자체의 탁월함에서 찾아야 할 것이다. 즉 호접몽 우화의 내적인 매력이라고 할 수 있다. 하지만 독자들이 각종 매체와 문화를 통해 호접몽 모티프를 빈번하게 접촉하였다는 점 또한 무시하기는 어려울 듯하다. 호접몽 모티프는, 우리가 접하는 상업광고로부터 대중문화, 철학과 문학 담론에 대단히 빈번하게 활용되고 있기 때문이다. 다시 말하면, 호접몽의 매력은 텍스트의 내적인 깊이에서 비롯된 것일 뿐만 아니라 다양한 매체에서의 선유라는 외적 현실에 의해 생겨난 것일 수 있다.

특히 서양 영화들이 호접몽 모티프를 적극적으로 활용하고 있다는 점에 주목할 필요가 있다. 〈블레이드 러너〉(리들리 스콧, 1982), 〈토탈리콜〉(폴 버호벤, 1990), 〈13층〉(조세프 루스넥, 1999), 〈오픈 유어 아이즈〉(알레한드로 아메나바르, 1999), 〈매트릭스〉(앤디 워쇼스키, 1999), 〈아바타〉(제임스 캐머런, 2009), 〈인셉션〉(크리스토퍼 놀란, 2010) 등의 영화를 보자. 어딘가 닮아있는 이 영화들의 기본적인 상상력은 현실보다 더 생생한 꿈, 실재보다 더 실재적인 가상을 경험하며 시작된다. 꿈과 현실 사이에서, 혹은 가상과 실재 사이에서 혼란을 겪는 영화 속 주인공의 상황은, 자신이 장주인지 나비인지를 묻고 있는 장주의 처지와 크게 달라 보이지 않는다. 이 글은 호접몽 모티프가 서양 영화에 자주 활용되어 왔다는 전제에서 출발하여, 두 영화의 분석을 통해 호접몽 모티프가 서양 영화에 활용될 때 어떤 특징을 띠게 되는지를 살펴보고자 한다. 대상으로 삼은 영화는 비슷한 시기에 대중적 인기를 끌었던 〈오픈 유어 아이즈〉와 〈매트릭스〉이다.

호접몽 모티프가 전유되는 양상을 고찰하기 위해 먼저 『장자』의 원텍스트와 그 해석을 간략히 검토하고자 한다. 특히 동양권의 해석과 서양권의 해석이 어떤 차이점을 가지며 그것이 갖는 의미가 무엇인지를 살펴보고자 한다. 더불어 장자의 호접몽이 서양 철학의 맥락에서 어떻게 의미화될 수 있는지 간략히 살펴보며 장자 철학이 서양에서 인기를 누리는 원인을 짚어보고자 한다. 다음으로 두 편의 영화를 분석

하는 과정을 통해 호접몽 모티프가 어떤 방식으로 활용·변용되는지,
그리고 그것이 갖는 의미가 무엇인지를 살펴보고자 한다.

2. 열린 텍스트로서의 '호접몽'

(1) '호접몽'에 대한 두 개의 해석

'호접몽' 혹은 '장자몽'이라 불리는 장주의 꿈 이야기는 『장자』에서
가장 유명한 이야기 중 하나이다. 이 우화는 『장자』 33편 가운데 가장
중요하고도 난해하다고 알려진 〈제물론〉의 맨 마지막에 실려 있다.

> 昔者. 莊周夢爲蝴蝶. 栩栩然蝴蝶也. 自喻適志與. 不知周也. 俄然覺.
> 則蘧蘧然周也. 不知周之夢爲胡蝶與 胡蝶之夢爲周與. 周與胡蝶 則必有
> 分矣. 此之爲物化.

> 언제인가 장주(莊周)는 나비가 된 꿈을 꾸었다. 훨훨 날아다니는 나
> 비가 된 채 유쾌하게 즐기면서도 자기가 장주라는 것을 깨닫지 못했
> 다. [그러나] 문득 깨어나 보니 틀림없이 장주가 아닌가. 도대체 장주
> 가 꿈에 나비가 되었을까? 아니면 나비가 꿈에 장주가 된 것일까? 장
> 주와 나비는 [겉보기에] 반드시 구별이 있[기는 하지만 결코 절대적인
> 변화는 아니]다. 이러한 변화를 물화(物化; 만물의 변화)라고 한다.[1]

---

1) 안동림, 『장자』, 현암사, 1993, 86–87면.

장자 철학은 "인간의 심지의 분별을 실재의 하나로 혼돈화"하는 특징을 보인다. 즉 여타의 철학이 대상을 "시(是)와 비(非), 미(美)와 추(醜), 내(大)와 소(小)", "꿈과 현실"로 구별하는 지향을 보인다면, 장자 철학은 분별된 두 항이 서로 다른 것이 아님을 역설한다는 것이다. 또한 장자 철학은 모든 사상을 "원인과 결과"로 이루어진 것이 아니라, "만상이 저절로 생기고 저절로 변화하며 어디에도 의지하지 않"기 때문에 만상이 인과관계로 얽혀 있는 것이 아니라고 강조한다.[2] 장자 철학의 핵심적 사유를 담고 있는 〈내물편〉은 특히, "현실 세계의 갖가지 현상, 시비(是非), 선악(善惡), 미추(美醜), 정사(正邪), 화복(禍福), 길흉(吉凶), 각몽(覺夢), 생사(生死) 등을 명확히 구분하려는 상대적 가치 판단이 얼마나 어리석고 무의미한가"를 뚜렷하게 보여준다고 평가된다.[3]

하지만 이 우화가 뿜어내는 매력이 그 철학적 내용에서만 비롯되었다고 간주해서는 안 될 듯하다. "우언과 비유와 상징의 기법"[4]을 활용하고 있는 장자의 이 우화는 문학적으로도 충분히 주목할 만한 가치를 지니기 때문이다. '나비'는 "아름다움의 이미지인 동시에 변화의 이미지"로서 문학의 중요한 주제인 "변신(metamorphosis)의 상징"을 탁월하게 형상화하는 소재이다.[5] 또한 '꿈'은 현실과 환상, 실재와 비실재의 경계와 넘나듦이라는 흥미로운 주제를 성공적으로 담아내는 모티

---

2) 위의 책, 16면.
3) 위의 책, 45면.
4) 이선순, 「莊子의 '나비'와 '꿈'에 관한 硏究」, 『중어중문학』 제20집, 1997, 168면.
5) 로버트 앨린슨, 김경희 역, 『장자, 영혼의 변화를 위한 철학』, 도서출판 그린비, 2004, 151면.

프로 활용되곤 하였다. 동서양의 고전에서 '환몽구조'를 취하고 있는 작품이 많은 것도 '꿈'이 갖는 상징성 때문일 것이다.

그런데 서사의 측면에서 본다면, 이 우화의 사건은 대단히 간단하다. 서사적 사건은 다음과 같이 정리될 수 있다.

> ① 장주가 나비가 되는 꿈을 꾸고 있다. 그런데 이때 그는 자신이 장주라는 사실을 알지 못한다.
> ② 그가 잠에서 깨어난다.
> ③ 장주가 나비 꿈을 꾼 것인지, 나비가 장주 꿈을 꾼 것인지 알 수 없다.
> ④ 장주와 나비는 구별이 있다. 이러한 변화를 물화(物化)라고 한다.

①-③까지가 서사적 사건이다. 이 일련의 사건에서 '꿈' 혹은 '꿈에서 깨어남'은 중요한 위상을 갖는다. 이 우화 속에는 현상적 차원에서 두 개의 세계가 존재하는 것처럼 보인다. '꿈 속의 세계'가 하나이고, '꿈 바깥의 세계'가 다른 하나이다. 세계가 두 개이므로 주체도 둘이라고 추정할 수 있다. 즉 '꿈 속'의 주체는 '나비'이고, '꿈 바깥'의 주체는 '장주'라고 볼 수 있다. 그런데 흥미로운 점은 두 세계가 '꿈에서 깨어나는 행위[覺]'에 의해 연결된다는 것이다.[6] 즉 꿈을 매개로 해서 장주가 나비가 되고 나비가 장주가 되는 논리가 만들어진다. 이 우화

---

6) 물론 두 세계는 '覺'에 의해서만 연결되는 것이 아니다. 왜냐하면 '覺'이 존재하기 위해서는 그 이전의 '夢'을 상정해야 하기 때문이다. 즉 두 세계는 '夢'과 '覺'에 의해 연결된다는 말하는 것이 옳겠다.

의 핵심은 '장주'와 '나비'를 하나로 볼 것인가 말 것인가, 즉 꿈 속의 세계와 꿈 바깥의 세계를 다르게 볼 것인가 말 것인가에 있다. 왜냐하면 어떤 견해를 취하느냐에 따라, 주제를 암시하고 있는 ④의 '물화(物化)'가 다르게 해석되기 때문이다.

대부분의 전통적 해석은, '물화의 세계', '만물의 변화'가 인과의 논리나 피상적인 분별이 없는 경지를 의미한다고 본다. 즉 장주와 나비의 차이라는 것은 피상적인 구별일 뿐이며 그들 사이에 절대적인 차이가 없다는 것이다. 그러므로 '물화의 세계'는 "장주가 나비이고, 나비가 곧 장주"인 세계이며, 이 "상대가 없는 경지, 차별이 없는 세계"가 바로 장자가 보여주는 "유토피아"라는 것이다.[7] 이러한 입장에 의하면, 나비가 되는 꿈을 통해 장주는 물화를 체험하는 것이다. 즉 나비가 되는 물화의 체험을 통해 장자는 "더 이상 꿈 속이 아니어도, 현실 속으로 꿈의 세계를 가져와 체험하는 경계"에 이르고 그때 "비로소 현실의 속박과 굴레를 벗어 던지고 자유롭고 해방된 진정한 생명의 정신을 실현"하게 된다.[8] 나아가 이런 입장은 세계와 주체를 나누어 이해하려는 구별 자체에 의문을 제기한다. 왜냐하면 이들은 장자 철학의 궁극적 지향을 나비와 장주, 꿈과 현실을 분별하려는 인식 자체에 대한 부정에서 찾기 때문이다.

반면 명료하고 엄정한 논리로 장자 철학의 신비주의적 요소를 제거하려는 일련의 해석들이 존재한다. 이들은 전통적 해석들이 장자 철

7) 안동림, 앞의 책, 87면.
8) 이선순, 앞의 논문, 188면.

학을 속류 상대주의나 회의주의로 전락시키고 있다는 점에 우려를 표한다. 앨린슨의 경우, 장자 철학을 신비주의와 상대주의의 유혹으로부터 건져내기 위해 텍스트의 재구성을 시도한다.[9] 그는 기존의 판본을 '미숙한 판본'이라고 부르며 판본의 재배열을 요청하는데, 그가 기존 판본의 배열에서 의심스러워 하는 것은 ②와 ③의 순서이다. '논증의 정합성', '이치'를 강조하는 그에 따르면, 이미 꿈에서 깨어난 장주가 ③과 같은 의문을 갖는다는 것이 비논리적이라는 것이다. 비몽사몽의 꿈 속에서라면 장주인 자신이 나비가 되는 꿈을 꾸는지, 나비가 장주인 꿈을 꾸는 것인지가 헷갈릴 수 있다. 하지만 이미 잠에서 깬 상태라면, 그래서 자신이 장주라는 사실을 인식한 이후라면, ③과 같은 회의가 불가능하다는 것이다. 그래서 그는 ②와 ③의 순서를 바꾸어 다음과 같은 새로운 판본을 제안한다.

> ① 장주가 나비가 되는 꿈을 꾸고 있다. 그런데 이때 그는 자신이 장주라는 사실을 알지 못한다.
> ② 장주가 나비 꿈을 꾼 것인지, 나비가 장주 꿈을 꾼 것인지 알 수 없다.
> ③ 그가 잠에서 깨어난다.
> ④ 장주와 나비는 구별이 있다. 이러한 변화가 물화이다.

위와 같은 재배열은 논리의 애매한 틈새들을 매끈하게 봉합해 주는 역할을 한다. 앨린슨은 "무엇이 실재이고 무엇이 환영인지" 혹은 "실

---

9) 로버트 앨린슨, 앞의 책, 164–197면.

재와 비실재 사이"를 구분할 수 없는 상태를 '무지상태'로 정의한다. '깨어남'은 그 무지상태에서의 깨어남이고, 이 깨어남이야말로 '변화'를 구성한다고 본다. 여기서의 깨어남은 당연히 의식 수준의 깨어남이며, '깨어남'의 변화를 통해 '환영'은 '실재'로 바뀌게 된다는 것이다. 새로운 판본에 의하면, '물화'는 "의식 속에서 일어나는 변화로서, 실재와 환영의 구분이 결여된 무자각적 상태로부터 명확한 구분을 할 수 있는 자각적 상태, 즉 깨어있는 상태로 변화하는 것"을 의미하게 된다.10)

'호접몽'의 해석에 대한 위의 두 해석은 여러 가지 면에서 대조적이다. 전자가 나비와 장자가 다르지 않다는 입장을 고수한다면, 후자는 나비와 장자가 다르다는 입장을 취한다. 전자가 주체/타자, 현실/가상의 경계를 넘어서는 데서 초월의 가능성을 모색한다면, 후자는 두 세계가 여전히 구별가능하며 주체의 각성을 통해서 자유와 해방이 가능하다고 주장한다. 달리 말한다면, 전자가 장자인지 나비인지를 회의하는 주체를 옹호한다면, 후자는 자신이 장주임을 확실하게 인식하는 주체를 긍정한다. 그러므로 두 주체에게 깨어남은 전혀 다른 의미를 가질 것이다. 후자는 계속해서 꿈에서 깨어날 것을 강조하지만, 전자는 깨어났다는 인식조차 또 하나의 미망임을 깨달아야 한다고 역설하기 때문이다.

---

10) 위의 책, 177면.

(2) 낯설면서도 친숙한 텍스트

장자의 철학은 동양뿐만 아니라 서양에서도 큰 관심의 대상이 되어
왔다. 한 연구자는 장자 철학의 연구경향을 정리하며 장자에 대한 연
구가 동양권의 연구와 서양권의 연구로 대별가능하다고 말한다.[11] 그
러면서 동양의 연구경향이 '존재론적 관점'에 입각해서 장자에 접근하
는 경향을 띠는 반면, 서양의 연구는 '인식론적 맥락'에서 장자에 접근
하는 특징을 보인다고 덧붙인다. 장자에 대한 서양 연구자들의 관심
이『장자』도처에 흩어져 있는 '회의주의적'이거나 '상대주의적'인 주
장들에 대한 관심으로부터 시작되었던 것도 이러한 맥락에 놓여 있다
는 것이다. 따라서 그는 서양권의 장자 연구의 쟁점이 장자가 '근본적
인 회의주의자'인가, 아니면 '방법적 회의주의자'인가라는 문제로 요
약될 수 있다고 지적한다.

하지만 장자 철학에 대한 서양권의 관심이 지속된다는 것은, 장자
사상이 동서양을 아우를 만큼 포괄적이라는 하나의 반증이 아닐까 생
각된다. 장자에 대한 관심이 동양에 대한 호기심이나 경이에서 비롯
된 것은 사실일 터이나, 장자 철학이 서양적 사유를 되비춰주는 훌륭
한 거울의 역할을 해 낼 힘을 갖고 있기 때문에 그 관심이 일시적인
것으로 그치지 않고 지속되고 있는 것이 아닌가 싶다.[12] 예컨대 '호접

---

11) 강신주,『장자의 철학』, 태학사, 2004, 389-416면 참고.
12) 위의 서양적 해석과도 차별되는 독특하고도 흥미로운 또 다른 해석으로 다음을
    참고할 것.
    자크-알랭 밀레 편, 맹정현·이수련 역,『정신분석의 네 가지 근본 개념』, 새물
    결, 2008, 107-123면 참고.

몽' 우화에는 서양 철학의 중심 주제들이 고스란히 담겨 있다. '이데 아'와 '모방'이라는 플라톤 철학으로부터 '주체'와 '실재'에 대한 회의 라는 포스트모더니즘의 주제까지, 서양 철학의 주 관심사가 호접몽에 집약되어 있다고 해도 과언이 아니다.

서양의 인식론은 '진짜/가짜', '현실/허구(가상)'의 이분법 위에 정초 해 있다고 해도 과언이 아니다. 가령, 플라톤 철학은 '이데아/모사물' 의 위계로부터 시작된다. 잘 알려진 바와 같이, 플라톤의 유일한 목적 지는 이데아(동일성)이다. 현상계의 모사물들은 그림자와 같이 헛된 것, 열등한 것으로 폄하된다. 서양 철학은 '동일성의 철학'이라고 불릴 만큼 플라톤적 사유로부터 벗어나지 못해온 것이 사실이다. 하지만 각종 포스트(post) 이론들은 '이데아/모사물'의 차이에 의문을 제기하 는 데서 출발한다. 포스트 이론들은 이데아와 호환가능한 '주체', '남 성', '이성'에 의문을 제기하며, 주체중심적, 이성중심적, 서양중심적 사고에 균열을 내왔다.

이러한 맥락에서 보자면, 서양권이 장자 철학에 관심을 갖는 현상 에는 수긍이 가는 대목이 있다. 동일성 철학의 자장에 속해 있는 서양 적 사유, 아니 더 정확히 말해서 이데아 철학의 자장에서 놓여 있으면 서도 그 그늘에서 벗어나려는 욕망을 가진 서구인들에게 『장자』는 경 이롭고도 흥미로운 텍스트로 보일 것이다. 장자 철학은 이데아를 추 종하며 모방에 혐오를 드러내는 이데아 철학을 훌쩍 뛰어 넘는 지점을

슬라보예 지젝, 이수련 역, 『이데올로기라는 숭고한 대상』, 인간사랑, 2001, 85-95면 참고.

보여줄 뿐만 아니라, 이데아와 모사물은 구분할 수 있느냐고 혹은 그 구분이야말로 폭력이자 미몽이 아니냐고 반문하기 때문이다. 그렇다면 서구인들에게 '호접몽'은 한편으로는 낯설지만, 다른 한편으로는 대단히 익숙한 텍스트라고 할 수 있다.

3. '호접몽' 모티프의 영화적 전유

호접몽 모티프의 핵심적 요소로 다음을 지적할 수 있다. '꿈'과 '깨어남', '꿈 속의 현실'과 '꿈 밖의 현실', 그리고 변신 모티프의 상징으로서의 '나비'. 주제적 측면에서는 '주체'의 위상과 '현실/가상'의 경계에 천착한다는 점을 꼽을 수 있다. 본 장에서 살펴볼 〈매트릭스〉와 〈오픈 유어 아이즈〉 두 영화에서도 이러한 핵심적 요소들을 확인해 볼 수 있다. 그런데 두 영화는 유사한 소재를 활용하면서도 주체의 위상이나 현실/가상의 경계에 대해 약간 다른 입장을 취하고 있어 흥미를 끈다. 이 차이는 '호접몽'을 해석하는 방식의 차이를 보여줄 뿐만 아니라, 호접몽을 서양적으로 전유하는 과정에서 발생하는 흥미로운 지점들을 암시해 주는 듯하다.

(1) 빨간약인가 파란약인가: 〈매트릭스〉(1999)

〈매트릭스〉의 초반부에서 강조되는 것은 주인공 네오가 경험하는 혼란스러움이다. 낮에는 컴퓨터 회사의 프로그래머로, 밤에는 인터넷

세상의 해커로 살아가는 그는 '꿈과 현실', '환상과 현실' 사이에서 혼란을 경험한다. 그래서 그는 "꿈인지 생시인지 구분이 안 갈 때가 있어"라고 중얼거리곤 한다. 영화 초반부에는 그가 악몽에서 깨어나는 장면이 여러 차례 반복된다. 가령, 그는 기관 요원들에게 붙잡혀 가서 폭행을 당하고 그들이 그의 몸에 도청 장치를 삽입하는 꿈을 꾼다. 하지만 소스라치게 놀라며 깨어나는 다음 장면은 일련의 경험이 하나의 악몽이었음을 말해주는 듯하다.

이처럼 영화 초반의 '꿈'과 '깨어남'은 네오의 정신적 혼란을 보여주는 장치로 기능한다. 그는 공포스런 현실과 조우하고 깨어나며 그것이 악몽이었음을 안다. 하지만 이 악몽의 반복성은 악몽에서의 깨어남조차 또 다른 꿈의 일부가 아닌지를 의심하게 만든다. 하지만 '꿈과 현실', '허구와 실제' 사이의 혼란이 영화의 끝까지 지속되는 것은 아니다. 즉 영화는 주인공이 허구와 실재 사이에서 갈팡질팡하도록 내버려 두지 않고, 어느 순간 그가 거짓의 꿈, 가짜의 허상에서 깨어나도록 인도한다. 가령, 트리니티 일행이 네오의 몸에서 도청 장치를 찾아 제거함으로써 악몽이 진짜 현실이었음이 증명하는 식이다. 이러한 서사의 방향성은 네오의 컴퓨터 화면에 떴던 메시지에 상징적으로 드러난다. 네오가 컴퓨터 모니터 앞에 엎드려 잠들어 있을 때, 누군가가 보낸 메시지가 도착한다. "Wake up, Neo……".

다시 정리해 보면, 네오는 꿈과 현실 사이의 균열을 어렴풋하게 감지한다. 누군가에게 쫓기는 두려운 상황에 처하고 거기서 깨어나고, 다시 그 꿈이 변형되어 반복된다. 현실인지 아닌지가 불투명한 것이다. 다음날 침대에서 깨어나더라도 그 꿈이 다시 반복되기 때문에, 깨어남은 진정한 각성이 되어 주지 못한다. 진짜 깨어남은 침대 위에서 이루어지지 않고, 네오가 모피어스를 만나면서 가능해진다. 트리니트와 모피어스의 존재는 네오가 침대에서 깨어나는 방식으로 '각성'할 수 없음을 말해준다. 네오의 삶에 침입한 그들은 네오가 현실이라고 믿었던 것들이 꿈이며, 오히려 악몽이라고 믿었던 것들이 진실의 편린임을 증명해준다. 진실의 수호자를 자처하는 모피어스는, 그래서 네오가 선택을 해야만 한다고 말한다. 네오 앞에는 두 개의 선택지가 놓여 있다. 파란약을 선택하면 아무 일도 없었다는 듯이 다음날 침대에서 깨어나게 된다. '노예의 삶' 운운하던 모피어스와의 만남조차 한바탕이 꿈이 될 것이다. 반면 빨간약을 먹으면 그는 '이상한 나라'로 가게 된다. 네오는 빨간약을 선택한다.

그런데 이 선택은 과연 무엇에 대한 선택일까? 이 선택은 영화에서 반복적으로 등장하는 '진리(truth)'에 대한 선택이라고 할 수 있다. 그런데 과연 진리의 내용은 무엇일까? 〈매트릭스〉가 추구하는 진리는 빨간약과 파란약의 '선택'을 기점으로 해서 그 의미가 교묘하게 변하는 듯하다. 빨간약의 작용으로 네오가 매트릭스 내부에서 깨어나기 전까지의 부분에서 강조되는 것은 꿈과 현실을 구분하는 것이 불가능하거나 무의미하다는 점이다. 특히 빨간약을 삼키고 네오가 거울을 들여다보는 장면은 꿈/현실, 환상/현실의 무너짐을 인상적으로 보여준다.[13] 빨간약을 삼키기 전까지 네오는 꿈과 현실의 경계에서 혼란

---

13) 마이클 브래니건, 이운경 역, 「숟가락은 없다: 불교의 거울에 비춰 본 〈매트릭스〉」, 『매트릭스로 철학하기』, 2003, 한문화멀티미디어, 132–146면 참고.
　불교 철학의 입장에서 〈매트릭스〉에 접근한 마이클 브래니건은 영화에 등장하

스러워 하기는 하지만 꿈과 현실을 근원적으로 혼동하지는 않는다. 꿈은 꿈이고 현실은 현실이라고, 악몽에서 깨어나면 현실이 시작된다고 믿기 때문이다. 꿈과 현실이 완전히 다르다고 보는 네오에게, 그렇다면 거울은 현실을 비춰주는 도구이다. 달리 말한다면, 거울과 현실이 다르듯, 꿈과 현실이 다른 것이다. 하지만 빨간약을 먹고 거울을 보자, 거울/현실, 거울/나의 경계가 무화되며 그는 마침내 거울이 된다.

> 모피어스 : 진짜 현실 같은 꿈을 꿔 본 적 있나?
> 　　　　　그런 꿈에서 깨어난다면 그것이 꿈인지 생시인지 어떻게 알 수 있지?
> 네오　　 : 이건 불가능해?
> 모피어스 : 뭐가?
> 　　　　　진짜란 게?

　이 대화에서 강조되는 것도 꿈/생시, 가짜/진짜 사이의 구별이 어렵다는 점이다. 이와 같은 회의주의적 태도는 결국 '진짜'에 대한 재정의를 요청하게 될 것이다. 하지만 빨간약의 인도로 네오가 매트릭스에서 깨어나게 되면서 진리가 의미하는 바가 변한다. 모피어스의 말대로, 그곳이 '진짜 세상'이기 때문이다. 또한 〈매트릭스〉는 선택의 문제를 기점을 해서 현실/꿈, 실제/환상의 이분법을 진실/매트릭스의

는 '거울 이미지'에 주목하였으며 반성의 거울을 통해 진실과 대면하게 된다고 분석한다.

대립항으로 전환한다. 그 이전까지 화두가 꿈과 현실, 가짜와 진짜 사이의 인식론적인 문제로 요약된다면, 쟁점은 진실을 선택하고 수호해야 한다는 윤리적 결단으로 변환된다.

즉 진짜일까 가짜일까의 혼란이 진짜에 대한 확신으로 바뀐다. 이제 두 개의 세상이 존재한다. 진짜 세상과 가짜 세상. 진짜 세계의 시간적 배경은 2199년, 놀라운 발전을 거듭한 인공지능이 인간을 지배하는 세상이다. 기계가 지배하는 이 세계에서 인간은 하나의 에너지원으로 활용될 뿐이다. 기계문명은 인간의 에너지를 효율적으로 착취하기 위해 인간 개체가 환영 속에서 살아가도록 조작한다. 즉 주체가 1999년을 살고 있다고 믿는 것 자체가 거대한 착각인 셈이다. 기계가 주입한 기억을 자신의 것으로 믿으며 완벽한 통제 속에 살아가는 삶은 분명 가짜의 삶이다. 도처에 존재하는 매트릭스란 '진실을 못 보도록 눈을 가리는 세계', '노예란 사실을 감추고 있는 세계'로 정의되며, 미몽에서 깨어나 본질로서의 '인간성'을 회복하는 것은 엄연한 당위로 자리 잡는다. 진짜와 가짜의 문제는, 그러므로 쉽게 선과 악의 문제로 이동하게 된다. 진짜 삶을 본 자들은 선의 입장에 서게 되고 그들은 진실을 숨기고 있는 악과 싸워야만 하기 때문이다.

〈매트릭스〉는 '호접몽' 모티프를 가장 서양적인 방식으로 전유한 사례로 보인다. 이 영화는 가상/실재, 꿈/현실의 혼란에서 출발하여 그것이 무화되는 지점까지 나아갔다가, 결국 진짜 현실의 세계로 돌아온다. 그리고 진짜 현실은 '진리'와 등가적 의미를 갖기 때문에 결코 부인될 수 없다. 호접몽식으로 설명하자면, 영화는 장자가 나비이고 나비가 장자인 혼란스러움에서 출발한다. 초반부의 네오는 분명 꿈/

현실, 가상/현실의 경계 어디에선가 헤매고 있는 듯하다. 하지만 그가 진리(모피어스 일행)와 조우하면서 그는 장주는 장주이고 나비는 나비인 세계로 황급히 돌아간다. 진실을 수호하는 전사로 변신한 그에게서는 어떤 주저함이나 흔들림도 발견할 수 없다. 꿈은 허상이고 나비는 거짓 이미지라고 단언할 수 있는 세계, 주체의 존재를 의심할 여지가 없는 세계로 이미 그가 귀환했기 때문이다.

(2) 가면 뒤에는 무엇이 있을까: 〈오픈 유어 아이즈〉(1999)

이 영화에는 수차례에 걸쳐 녹음된 여서의 목소리가 울려 퍼진다. "Aber los ojos." 'Aber los ojos(오픈 유어 아이즈)'라는 이 음성, 이 명령은 '꿈'을 '현실'로 넘어가게 하는 역할을 한다. 영화의 인상적인 첫 장면 역시 'Aber los ojos'라는 목소리와 함께 시작된다. 주인공 세자르는 잠에서 깨어나 욕실 거울에 자신의 잘 생긴 외모를 비춰본다. 그리고 평상시처럼 자동차를 운전해 시내로 나가는데 이때 이상한 점이 발견된다. 세상이 정지해 있고 자기 외에 어느 누구도 존재하지 않는 것이다. 그때 다시 'Aber los ojos'라는 알람소리가 들린다. 이 모든 상황이 꿈이었던 것이다.

그런데 흥미로운 점은 꿈에서 깨어난 현실의 그가 꿈에서의 그를 반복한다는 것이다. 꿈에서처럼 그는 욕실로 걸어가서 자신의 얼굴을 거울에 비춰보고 자동차를 타고 시내로 나간다. 물론 꿈과 다르게 세계는 정지해 있지 않다. 꿈이 현실을 모방하는 것이 정상일 터인데, 이 영화는 현실이 꿈을 반복하는 기이한 장면을 연출된다. 이와 같은 꿈과 현실의 전도된 양상은 〈오픈 유어 아이즈〉에서의 꿈과 현실의 경계를 더욱 모호하게 만드는 역할을 한다. 왜냐하면 아무리 현실처럼 보일지라도, 'Aber los ojos'라는 명령에 의해 모든 것이 꿈으로 즉시 기각될 가능성이 상존하기 때문이다. 즉 다른 선택이 불가능하다는 것이다. 비교하자면 〈매트릭스〉에서의 꿈과 현실은 한 겹만 존재하지만, 〈오픈 유어 아이즈〉의 꿈과 현실은 여러 겹 존재한다. 'Aber los ojos'라는 주문에 의해 언제든 현실이 꿈으로 증명되는 방식이기 때문이다. 즉 'Aber los ojos'라는 명령은 꿈에서 현실로 인도하는 주문임에 틀림없지만, 이 명령이 무한반복 가능하다는 전제는 언제든 꿈과 현실이 전도될 가능성을 열어 놓는 것이다. 그렇다면 'Aber los ojos'라는 몽환적인 목소리는 주체의 각성을 인도하는 명령일 뿐만 아니라, 역설적으로 주체를 다시 꿈속으로 빠져들게 하는 주문인 것이다.

영화에서 서사는 크게 두 축으로 나뉘어 진행된다. 회상된 과거가 한 축인데, 이 서사는 시간의 순서에 따라 세자르의 몰락과정을 보여준다. 다른 축을 이루는 것은 현재의 서사이다. 이 현재의 서사에서 세자르는 여자친구를 살해한 혐의로 수감되어 정신과 의사와 상담을 하고 있는 중이다. 두 서사는 병렬적으로 진행되다가 두 사람이 '생명연장회사'에 가는 부분에서 하나로 합쳐지게 된다. 그 회사에 의해 비밀이 밝혀지기 전까지 영화의 두 서사는 둘 다, 혹은 적어도 하나는 현실로 간주된다. 즉 과거 회상의 축을 정신병자 세자르의 환상으로 보더라도, 정신과 의사와 상담을 하는 현실은 의심될 수 없는 것이다. 영화의 서사를 따라가는 관객은 꿈과 현실 사이에서 혼란을 느끼는 세자르가 정신이상자인지, 아니면 그의 말대로 정말 꿈과 현실이 무화되는 지점이 있는 것인지를 판단하는 역할을 맡게 된다.

하지만 이 영화의 매력은 이 판단이 용이하지 않다는 점에 있는 듯하다. 달리 말하면 관객은 세자르가 쓰고 있는 가면 뒤에 무엇이 있는지를 판단하기 쉽지 않으며, 그 가면으로 인해 세자르의 불안을 공유하게 된다는 것이다. 즉 "가면은 현실과 꿈의 모호한 경계에 걸쳐 있는, 알 수 없는 세계에 대한 묘한 느낌"[14]을 만들어 내며 주인공의 불안이 관객의 불안으로 전이되도록 한다. 얼굴을 가린 가면은 적어도 다음의 세 가지를 상상하게 한다.[15] 첫째, 가면 뒤에 일그러진 얼굴이 있다. 둘째, 가면 뒤에 온전한 얼굴이 있다. 셋째, 가면 뒤에는 아무것도 없다. 현상적으로는 반대지만 앞의 두 가면은 '有(본질, 진실)'를 가리는 가면이라는 점에서 동일하다. 반면 셋째 가면은 '無(본질의 부재)'를 숨기는 역할을 한다. 즉 앞의 두 가면이 무언가 존재하는 것을 감추는 데 본질이 있다면, 셋째 가면의 역할은 없는 것을 있는 것으로 위장하게 하는 데 있다. 즉 세자르가 벗지 못하는 가면은 그의 얼굴이 멀쩡한 얼굴인가 일그러진 얼굴인가라는 궁금증뿐만 아니라, 그 뒤에 얼굴이 정말로 존재하는가라는 의문을 갖도록 유도한다.

마임 연기자인 소피아의 분장 또한 〈오픈 유어 아이즈〉의 현실/환

---

14) 문선영, 「달콤하고도 끔찍한 도피, 루시드 드림」, 『기억의 여신 므네모시네, 영화관에 들어서다』, 푸른사상, 2011, 234면.

15) 장 보드리야르, 하태환 역, 『시뮬라시옹』, 민음사, 2001, 27면.
   이는 보드리야르가 '이미지'의 단계를 구분한 것을 변용해 본 것이다. 그는 이미지를 다음의 네 단계로 나눈다. 첫째, 이미지는 깊은 사실성의 반영이다. 둘째, 이미지는 깊은 사실성을 감추고 변질시킨다. 셋째, 이미지는 깊은 사실성의 부재를 감춘다. 넷째, 이미지는 그것이 무엇이건간에 어떠한 사실성과도 무관하다: 이미지는 자기 자신의 순수한 시뮬라크르이다.

상, 현실/꿈의 다층적인 양상을 보여주는 장치이다. 소피아의 분장 역
시 가면처럼 얼굴을 가려주는 기능을 한다. 가면처럼 보이는 그녀의
짙은 분장은 얼굴에 드러난 감정을 과장하거나 가려주는 역할을 하고
있음에 틀림없기 때문이다. 하지만 마임 분장이 가면과 다른 점은, 가
면이 얼굴/가면의 이질성만을 드러내는 데 반해 마임 분장은 가면/얼
굴의 이질성뿐만 아니라 동일성까지도 암시한다는 것이다. 이는 소피
아가 연기를 하고 있을 때 갑작스레 비가 쏟아지는 장면에 암시되어
있다. 비에 의해 지워진 분장은 얼굴과 가면이 다른 것이 아님, 결국
가면 자체가 하나의 얼굴임을 상징적으로 보여준다.16) 소피아의 가면
은 이처럼 가면과 얼굴, 가짜와 진짜의 경계가 무화되는 지점을 보여
준다.

　클럽에서 춤을 추는 세자르의 모습 또한 진짜/가짜, 현실/꿈의 경계
가 흐려지는 지점을 상징적으로 보여준다. 술에 취한 그는 자신의 가
면을 벗어서 얼굴 반대편에 쓰고 춤을 추는데, 클럽의 어두운 조명은
그가 마치 두 개의 얼굴을 가진 존재처럼 보이도록 한다. 한쪽에는 일
그러진 얼굴이 있고, 반대편에는 가면이 존재한다. 얼굴과 가면의 공
존은 가면 뒤에 진짜 얼굴이 존재하는 것이 아님을, 혹은 두 얼굴(가
면) 모두가 진짜임을 상징적으로 보여준다. 달리 말한다면, 악몽과 현
실 가운데 어느 것도 진짜라고 단정할 수 없다는 사실, 아니면 둘 다
를 진짜 현실로 받아들여야 함을 강조한다는 것이다.

---

16) 소피아의 분장까지 고려한다면 가면의 넷째 의미가 추가될 수 있다. 넷째, 가면
　　이 곧 얼굴이다.

물론 '생명연장회사' 직원의 설명으로 진짜/가짜, 현실/꿈 사이의 혼란은 어느 정도 잠재워지는 듯하다. 그의 설명에 따르면, 세자르가 교통사고로 얼굴에 큰 상처를 입고 실의에 찬 부분까지가 진짜 현실이다. 이후 그는 생명연장회사와 계약을 하고 자살을 한다. 계약 내용은 세자르를 냉동시키고 그에게 가상의 꿈을 주입해 준다는 것이다. 꿈 속에서 세자르는 사랑스런 여인 소피아와 연인이 되고 악몽을 꾸게 되었던 것이다. 즉 소피아를 사랑하고 그녀를 죽이는 것뿐만 아니라 살해 혐의로 수감되어 정신과 치료를 받는 것조차 꿈의 일부였던 것이다. 하지만 생명연장회사 직원의 출현과 함께 이 영화는 〈매트릭스〉와 같은 진짜/가짜의 도식적 이분법의 세계로 봉합되는 듯하다. 꿈인지 생시인지, 진짜인지 가짜인지를 다층적인 방식으로 교란하다가 안정적인 이분법의 세계로 안착하는 듯하다는 것이다.

특히 세자르의 상담을 맡은 의사는, 마치 〈매트릭스〉의 모피어스와 같이 세자르에게 가면을 벗을 것을 요구하고 있어서 주목을 끈다. 정신과 의사는 시종일관 그에게 가면을 벗으라고 충고하는데, 가면을 벗는다는 것은 현실을 직시한다는 말과 다르지 않다. 즉 잔인하고 두렵지만 그것이 현실이고 진실이라면 직시하고 수용해야 한다고 주장한다는 점에서 의사와 모피어스는 동일한 입장에 서있다. 하지만 〈오픈 유어 아이즈〉의 서사는 진짜를 선택해야 하는 윤리적 결단으로 마무리되지 않는다. 아이러니한 점은 현실을 직시하도록 충고했던 정신과 의사 역시 프로그램의 일부, 즉 허상이라는 것이다. 가짜 세계에 속한 존재가 현실을 받아들이라는 권면은, 그래서 희극적이다.

오히려 생명연장회사 직원의 요청이 더 진지해 보인다. 그는 세자르에게 다시 꿈을 꾸게 해줄 수도 있고 깨어나도록 할 수도 있다고 말한다. 일그러진 얼굴로 현실을 살아가고자 결심한 세자르가 옥상에서 떨어지는 장면은, 이 영화가 현실이 꿈보다 우월하다는 플라톤의 이데아론으로 회귀한 것이 아닌가 의심이 들게 한다.17) 하지만 눈여겨볼 점은 세자르가 떨어지는 장면 바로 다음, 'Aber los ojos'라는 몽환적 음성이 다시 울려퍼진다는 것이다. 이 목소리는 영화의 전체 서사가 또 다른 꿈일 수 있음을 강렬하게 암시해준다. 그러므로 꿈과 현실의 경계는 다시 불완전하게 흔들리고 만다.18)

---

17) 톰 크루즈가 리메이크한 〈바닐라 스카이〉(2001)는 이점에서 〈오픈 유어 아이즈〉와 차별되는 지점을 갖는다. 〈오픈 유어 아이즈〉가 꿈/현실의 경계를 확정짓지 않으려 한 반면, 〈바닐라 스카이〉는 현실이 꿈보다 우월하고 가치있음을 보여주는 방식을 취하기 때문이다.

18) 지면상 다루지 못했지만 〈인셉션〉(2009)은 '호접몽'을 독특한 방식으로 전유하는 또 하나의 사례라 할 수 있다. 이 영화는 꿈 속의 꿈, 다시 그 꿈 속으로 침입이 가능하다는 상상에서 출발하기 때문에 꿈/현실의 경계가 더욱 모호해진다. 특히 이 영화는 인물들이 자신의 동일성을 확인하는 사물로 '토템'을 끌어들이고 있어서 눈길을 끈다. 토템은 "개개인의 내밀한 꿈을 지탱해주는 가장 '사적인 차원'에 속하는 사물로 변형"되는데, "복층 구조 속에서도 자신이 꿈속에 있는지 현실에 있는지를 판단하기 위한 일종의 기준점"으로 작용한다(선민서, 「나는 회전한다, 고로 나는 존재한다」, 『기억의 여신 므네모시네, 영화관에 들어서다』, 푸른사상, 2011, 239-248면 참고).

　가령, 토템이 돌고 있으면 꿈이고 멈추면 생시인 식이다. 그런 점에서 이 영화의 마지막 장면, 그리고 그에 대한 네티즌의 반응은 대단히 인상적이다. 영화가 끝나기까지 관객은 지금까지의 서사가 꿈인지 생시인지를 판단하지 못한다. 그런데 주인공의 토템이 계속 회전하는 장면 바로 다음에 엔딩 크레딧이 올라가기 때문에 관객은 서사가 꿈이라는 쪽에 무게를 싣게 된다. 하지만 그때 토템이 넘어지는 소리가 난다. 즉 시각은 꿈이라고 말하고, 청각은 현실이라고 말하는 모순된 형국이 연출되는 것이다. 더 흥미로운 점은 이 마지막 장면에 대하여 인터넷 상에서

4. 결론

호접몽에 대한 해석의 차이는 장주와 나비의 관계를 어떻게 보느냐에서 출발한다고 해도 과언이 아니다. 장주와 나비가 같은가 다른가, 둘의 세계는 같은가 다른가. 상반된 두 견해는 다음과 같이 간략하게 정리될 수 있다.

(1) 장자와 나비는 다르지 않다.

꿈 속 세계와 꿈 바깥의 세계가 다르지 않다. 아니 구별할 수 없다는 입장이다. 주체의 위치도 결정불가능하다. 장주에서 나비로, 나비에서 장주로 변화하는 그것이 바로 주체이기 때문이다. 이 입장에서 진짜/실제, 장주/나비, 현실/꿈의 경계를 논하는 것이 무의미하며, 꿈과 현실의 경계는 결국에는 무화되고 만다.

(2) 장자와 나비는 다르다.

이 입장에 의하면, 꿈 속 세계와 꿈 바깥 세계는 서로 다르다. 꿈 속의 세계는 현실의 모사에 불과하며 이는 현실보다 열등한 것이다. 주체는 꿈 속과 꿈 바깥 모두에 존재하는 것이 아니라, 현실 세계에만

수많은 네티즌이 토템이 멈추었는가 아닌가에 관하여 논쟁을 벌였다는 것이다. 네티즌의 폭발적 반응이야말로 꿈과 현실을 분별해야 하고 주체의 확고한 지위를 확인하려는 다분히 서양적인 반응이 아닐까 생각된다.

존재하는 것이다. 그러므로 주체는 환영적인 꿈에서 깨어나야 한다. 가면/얼굴의 관계로 말해본다면, 가면 뒤에는 진짜 얼굴이 존재하며 가면은 진짜 현실을 가리는 역할을 한다. 주체는 가면을 벗고, 비록 그것이 고통스러운 현실일지라도 그것과 대면해야 한다.

(1)의 입장이 호접몽에 대한 동양권의 전통적 해석이라고 볼 수 있다. 반면 (2)의 입장은 전통적 해석에 대한 새로운 해석이자, 다분히 서양철학적인 견해들이 투사된 결과인 것으로 보인다. 살펴본 두 영화 〈매트릭스〉와 〈오픈 유어 아이즈〉 역시 나름의 방식으로 '호접몽' 모티프를 전유한다. 흥미로운 것은 두 영화가 동일하게 (2)의 입장에서 출발하지만, 서사가 전개됨에 따라 그 향방이 갈린다는 점이다. 〈매트릭스〉가 꿈과 현실이 다르다는 입장으로 귀결되는 양상을 보이는 반면, 〈오픈 유어 아이즈〉는 꿈과 현실이 다르지 않다는 영화 초반의 입장을 어느 정도 유지한다. 또한 두 영화가 주체(동일성)를 규정하는 방식 또한 다르다. 〈매트릭스〉에서 네오를 비롯한 인물들은 어느 순간부터인가 자신의 정체성에 대해서 어떤 혼란도 보이지 않는다. 이는 그들이 현실과 꿈을 판별하고 진실을 사유하는 주체에 대해 의심하지 않는 태도와 관련될 것이다. 반면 〈오픈 유어 아이즈〉의 주인공은 영화가 끝나기까지 계속해서 타인의 동일성뿐만 아니라 자신의 동일성을 의심하는 모습을 보인다.

필자는 두 영화의 사례를 통하여, 잘 알려진 동양의 '호접몽' 모티프가 서양 영화에서 어떻게 전유되는지를 밝히고자 하였다. 그런데 서양과 동양은 본질적으로 다르다거나, 어느 것이 우월하다는 점을 주장하려는 데 이 글의 목적이 있지는 않다. 오히려 호접몽이 동서양을 넘나드는 탁월한 모티프로 활용되어 왔으며, 그 요인이 무엇인가를 밝히고자 히였다. 앞서 말했듯, 호접몽은 서양인들에게 새롭게 보일 뿐만 아니라 동시에 친숙한 것으로 다가설 수 있다는 장점을 가졌다. 또한 호접몽에 내포된 고도의 문학성이 해석의 다양성을 개방하며 적극적인 활용을 끌어내는 듯했다. 영화에서 나타나는 전유의 방식들은 단점이거나 장점일 수 있겠지만, 그보다 중요한 점은 호접몽이 열린 텍스트로서 작용하고 있다는 점이다. 호접몽의 전유에서 확인되는 이와 같은 텍스트의 개방성은 문화콘텐츠 개발자에게도 시사하는 바가 적지 않은 듯하다.

__참고문헌

영화 〈오픈 유어 아이즈〉(알레한드로 아메나바르, 1999)
영화 〈매트릭스〉(앤디 워쇼스키, 1999)
강신주, 『장자의 철학』, 태학사, 2004.
로버트 앨린슨, 김경희 역, 『장자, 영혼의 변화를 위한 철학』, 도서출판 그린비, 2004.
마이클 브래니건, 이운경 역, 「숟가락은 없다: 불교의 거울에 비춰 본 〈매트릭스〉」, 『매트릭스로 철학하기』, 2003, 한문화멀티미디어.
문선영, 「달콤하고도 끔찍한 도피, 루시드 드림」, 『기억의 여신 므네모시네, 영화관에 들어서다』, 푸른사상, 2011.
선민서, 「나는 회전한다, 고로 나는 존재한다」, 『기억의 여신 므네모시네, 영화관에 들어서다』, 푸른사상, 2011.
슬라보예 지젝, 이수련 역, 『이데올로기라는 숭고한 대상』, 인간사랑, 2001.
안동림, 『장자』, 현암사, 1993.

이선순, 「莊子의 '나비'와 '꿈'에 관한 硏究」, 『중어중문학』 제20집, 1997.

자크-알랭 밀레 편, 맹정현·이수련 역, 『정신분석의 네 가지 근본 개념』, 새물결, 2008.

장 보드리야르, 하태환 역, 『시뮬라시옹』, 민음사, 2001.

영화에 나타난 '기억 모티프'의 활용 양상*

1. 서론

  기억력이 좋든 그렇지 않든 간에 모든 사람은 기억하는 능력을 갖고 있으며, 기억능력을 갖고 있어야 사회적 인간으로 살아갈 수 있다. 사회적 인간으로 살아가기 위해서는 자신이 누구인지 알아야 하며 새로운 정보들을 수용해야 하는 것이다. 그런데 지각과 인식, 그리고 정체성이 성립하기 위한 근본 토대가 바로 기억이다. 쉽게 말해서 기억이 사라지면 나의 정체성도 불가능해지고 인식이나 지각도 가능하지 않게 된다. 기억상실증에 걸린 영화 속 인물처럼 자신이 누구인지를 몰라 불안해할 것이다. 반대로 주위 사람이 나를 잊게 되어도 사정은 마찬가지이다. 사람들의 기억이야말로 나의 정체성을 보장해주는 것이기 때문이다.

  국어사전에 따르면, 기억(記憶)은 '경험된 것이 어떤 형태로 간직되었다가 나중에 재생 또는 재인·재구성되어 나타나는 현상'으로 정의

---

* 이 글은 정재림, 오현화 외, 『기억의 여신 므네모시네, 영화관에 들어서다』, 푸른 사상, 2011의 서문인 '영화 속 기억 이야기'를 수정한 것임을 밝힌다.

된다.[1] 경험한 바를 '저장'하고 '인출'하는 능력에 초점을 맞추고 있는 이 사전적 정의는, 인간의 기억 작용을 컴퓨터의 기계장치와 비슷한 것으로 이해하고 있다는 점에서 흥미를 끈다. 즉 인간의 기억이 컴퓨터의 저장 시스템처럼 '감각적 인지→저장→인출'의 세 단계를 거친다고 보는 것이다. 디지털 카메라를 떠올려 보자. 디지털 카메라를 사용해서 눈앞의 풍경을 일초 단위로 찍으면 그 순간의 이미지가 정확히 저장되고, 용량초과나 기계고장과 같은 변수만 아니라면 우리는 매초 단위의 이미지들을 손쉽게 확인할 수 있다. 하지만 인간의 기억은 기계의 기억장치와 동일하지 않다. 본론에서는 인간 기억의 특징을 보여주는 영화를 사례로 하여 기억과 망각의 특성과 작용을 살펴보겠다.

---

1) 기억의 정의 및 의의에 대해서는 프로이트의 정신분석학에 잘 나타나 있다. 프로이트의 저작 외에 참고할 만한 것으로 다음을 들 수 있다.

A. Assmann, 변학수 역, 『기억의 공간』, 경북대학교출판부, 2003.

G. Deleuze, 서동욱 역, 『프루스트와 기호들』, 민음사, 1997.

H. Weinrich, 백설자 역, 『망각의 강 레테』, 문학동네, 2004.

H. 베르그송, 박종원 역, 『물질과 기억』, 아카넷, 2005.

岡眞理, 김병구 역, 『기억 서사』, 소명출판사, 2004.

변학수, 『문학적 기억의 탄생』, 열린책들, 2008.

전진성, 『역사가 기억을 말하다』, 휴머니스트, 2005.

정항균, 『므네모시네의 부활』, 뿌리와이파리, 2005.

2. 기억의 불확실성

(1) 유년기 기억과 기억의 주관성

인간의 뇌는 컴퓨터와는 비교도 안 될 정도로 그 용량이 대단하다고 알려져 있다.[2] 엄청난 용량을 가졌다지만, 그러나 우리의 뇌가 컴퓨터처럼 어떤 내용을 정확히 저장했다가 그것을 똑같이 기억해 내는 능력을 가진 것은 아니다. 하지만 문학작품 속에는 예외적인 인간이 등장한다. 보르헤스(J. L. Borges)의 소설 「기억의 천재 푸네스」의 주인공 푸네스는 말에서 떨어지는 사고를 당하면서 기이한 기억 능력을 소유하게 된 인물이다. 그의 지각력과 기억력은 놀라운데, 가령 동일한 한 마리의 개를 보더라도 그것을 동일한 것으로 인식하지 못할 정도이다. 왜냐하면 어느 위치에서 보느냐, 혹은 어느 시간에 보느냐에 따라 동일한 개가 다른 것으로 인지되기 때문이다.

거울에 비추어 볼 때마다 다르게 보이는 자신의 얼굴과 손들 때문에 화들짝 놀라는 푸네스는, 그러나 자신의 기억을 '쓰레기 하치장'에 비유한다. 종합하는 능력이 부재한 상태에서의 사소하고 정확한 기억능력은 진정한 기억이 되지 못한다는 암시일 것이다. 기억 용량과 정확성에 한계가 많은 인간에 비하여 푸네스의 기억력은 탁월하다. 하지만 푸네스는 어디까지나 소설 속의 허구적 인물일 뿐이다. 우리의 숱한 경험들은 인간에게 정확한 기억력이 가능하지 않음을 증명한다. 즉 저장과 인출이 불일치하는 것이 오히려 진실에 가깝다는 것이다.

---

2) 앨런 배들리, 진우기 역, 『당신의 기억』, 예담, 2009.

그렇다면 저장과 인출에 초점을 맞춘, 위와 같은 사전적 정의는 재고
될 필요가 있다.

영화 〈오! 수정〉(홍상수, 2000)이 흥미롭게 보여주는 것도 기억의 불
일치 문제이다. 총5부로 이루어진 영화에서 1부와 3부는 '남자의 기
억'에, 2부와 4부는 '여자의 기억'에 할애된다. 첫 키스에 대해 한 사
람은 여자가 눈물을 흘렸다고 기억하지만, 다른 사람은 여자가 "너무
좋았어요."라고 말했다고 기억한다. 달라도 너무 다른 기억이다. 하지
만 이 남녀의 통속적 연애를 쉽게 비웃을 수만은 없는 까닭은, 관객인
우리의 기억 역시 이들의 것처럼 허술하기 짝이 없기 때문이다.

어린 시절의 기억이나 첫사랑에 대한 기억은 특히나 불완전하다.
유년기의 기억이 오류투성이인 것은 어린아이의 미숙한 지력에 원인
이 있고, 첫사랑의 기억이 애매한 이유는 감정적 과장과 아련함 속에
서 은연 중 왜곡이 생겨나기 때문이다.[3] 중국 문화대혁명기가 끝날
무렵을 배경으로 한 〈햇빛 쏟아지던 날들〉(장 웬, 1994)을 보자. 이 영
화는 열여섯 살 소년 시절에 대한 회상인데, 여기서 중심 사건은 주인
공 마소군과 미란의 연애담이다. '햇빛 쏟아지던 날들'이라는 제목에
어울리게 둘의 사랑은 따스하고 낭만적인 빛깔에 둘러싸여 있다. 하
지만 어느 순간부터 끼어드는 마소군의 내레이션은 관객의 나른한 몰

---

3) 유년기 기억의 불완전함에 대해서는 장 라플랑슈·장 베르트랑 퐁탈리스, 임진
수 역, 『정신분석사전』, 열린책들, 2005, 113-114면 참고.
　　『정신분석사전』은 어린 시절의 기억이 "특별히 선명하고 동시에 그 내용이 눈에
띄게 사소한 것"을 특징으로 한다고 지적한다. 또한 프로이트는 어린 시절의 기
억의 불완전하지만 '어린 시절의 요소'를 압축하고 있다는 점에서 중요하다고 지
적한다.

입을 더 이상 불가능하게 만들며 이제까지의 모든 이야기 자체를 의심하도록 한다. 성인 인물은 이렇게 말한다. "그것은 사실과 다르다. 난한 번도 이렇게 용감해 본 적이 없다. 희망이 너무 강렬했기에 나도 모르게 과장해 버렸다. 뭐가 사실인지 나도 모르겠다. 사실과 공상이 뒤섞여 뒤죽박죽이 돼 버렸다. 난 지금까지 성의껏 얘기했는데 모두 거짓이 되고 말았다." 스크린의 장면들로 제시된 회상 내용 자체가 거짓일 수 있다는 이와 같은 능청은, 기억의 확실성에 대한 속된 믿음을 깨뜨리기에 충분하다.

(2) 기억의 상대성

어린 시절의 기억이나 첫사랑의 추억이 개인마다 다르다고 해서 크게 심각할 것은 없지만, 이 문제가 법정으로 옮겨지게 되면 이것은 첨예한 사안으로 뒤바뀐다. 법정은 원고와 피고 사이, 피고와 피고 사이의 진술이 철저히 엇갈리는 대표적 장소이다. 누가 범인인지를 가려내려는 냉혹한 판사 앞에서 모든 혐의자는 자신의 무혐의를 증명하는데 사활을 건다. 그래서 아이러니하게도 가장 진실해야 하는 법정은 거짓과 기만으로 얼룩지기 일쑤이다. 〈라쇼몽〉(구로사와 아키라, 1950)이 이러한 고전적 사례이다. 혐의를 부정하는 일반 법정의 혐의자들과 달리, 〈라쇼몽〉의 세 인물은 자신이 사무라이를 죽였다고 주장한다. 하지만 명예가 목숨보다 중요했던 중세 일본이 배경임을 고려하면, 인물들의 주장이 비상식적으로 보이지는 않는다. 용감하게 싸우다가 사무라이를 죽였다는 도둑이나, 정조를 빼앗긴 자신을 향한 남편의 경멸을 참을 수 없었다던 여인이나, 수치스런 상황에서 자결로 자신의 마지막 명예를 지켰다고 주장하는 사무라이는, 생명보다 귀한 그것을 위해 자신의 기억을 재구성하려 몸부림치는 인간들이기 때문이다.

〈유레루〉(니시카와 미와, 2006)도 법정에서의 서로 다른 기억을 소재로 하고 있다. 동생 타케루가 어머니의 일주기 제사를 위해 고향에 내려오며 영화가 시작되는데, 영화는 아버지와 아들들, 아버지와 큰 아버지, 형과 동생 사이의 미묘하고 복잡한 감정들을 섬세하게 표현해 낸다. 형과 아우는 여러 가지 면에서 대조를 이룬다. 형이 양보하고 배려하는 일에 익숙한 성격이라면, 동생은 자기 욕망에 따라 행동하는 인물에 가깝다. 불편한 관계를 개선하기 위해 형과 동생, 형의 여자친구는 계곡으로 소풍을 간다. 형의 여자친구가 예전 동생과 가까운 사이였기 때문에 셋의 동행은 불안하다. 결국 여자가 계곡 다리에서 떨어져 죽는 사고가 발생한다. 사건은 실족사로 종결되는 듯했으나, 형 미노루가 자신이 여자친구를 밀어 떨어뜨렸다고 자백하며 영화는 새로운 국면을 맞는다. 영화에서 말하듯 일본은 자백이 만능인 사회이기 때문에 형은 곧 살인혐의로 법정에 서게 된다.

이 영화가 집요하게 보여주는 것은 형과 동생의 기억이 미묘하게 다르다는 것, 그리고 계속해서 달라진다는 점이다. 영화는 법정에서의 장면과 회상장면을 반복적으로 병치시키며 이들의 기억이 정확한지를 묻는다. 영화는 객관적인 장면으로 사건을 보여주지 않고 두 사람의 회상장면으로만 이 사건을 여러 차례 보여주기 때문에, 마치 흔들리는 다리처럼 관객의 심리 또한 어느 것이 객관적 진실인지를 쉽게 가

늡하지 못하고 요동하게 된다. 변호사는 미노루가 여자친구를 고의로 밀어 떨어뜨린 것이 아님을 가까스로 입증하고 형 역시 여기에 동의하게 된다.

그렇다면 왜 형은 거짓 자백을 했던 것일까? 두 가지의 추측이 가능하다. 첫째는 자신의 무의식적 죄에 대한 고백이고, 둘째는 동생의 이기적 행위를 폭로하려는 욕망이다. 형제의 갈등을 알지 못하는 변호사와 검사의 입증을 통해 형의 두 가지의 욕망은 적절하게 충족된 듯하다. 하지만 동생이 법정에 증인으로 서게 되면서 또 다시 반전이 일어난다. 형의 여자친구를 넘본 비루한 욕망을 폭로당한 동생이, 형이 여자친구를 밀쳐내는 것을 보았다고 증언한 것이다. 판사는 "당신의 그 기억은 정확합니까?"라고 묻는데, 이는 형과 동생뿐만 아니라 관객인 우리를 겨냥한 것이기도 하다.

마지막 부분에서 동생이 어린 시절의 추억이 담긴 필름을 보게 되면서, 영화는 동생의 기억보다 형의 기억이 진실에 가깝다는 쪽에 무게를 실어주는 듯하다. 사진과 필름이 기억을 상당히 객관적으로 보관할 수 있는 저장소인 것은 사실이다. 하지만 이 객관적 기록물들은 인간의 욕망이나 정서 상태를 충분히 반영하지 못한다는 명백한 한계를 갖는다. 동생 타케루가 유명 사진작가라는 사실은 이점에서 시사적이다. 객관적 자료에 대한 불신은, 결국 물질화된 기억이 아무것도 말해주지 못한다는 회의주의로 연결되기 때문이다. 〈라쇼몽〉과 〈유레루〉는 기억의 상대성, 혹은 진리에 대한 회의주의에서 멈춘다. 법정과 같은 냉혹한 공간에 들어서면 모든 기억은 흔들리기 마련이며 재구성되고 왜곡되기 십상이라고 말하면서, '진실이 무엇인가'를 넘어서 '인간이 무엇인가'라는 철학적인 고민으로 우리를 인도한다.

3. 정신분석학의 입장과 대중의 욕망

(1) 기억에 대한 정신분석학의 입장

이처럼 유년의 기억이나 첫사랑의 기억은 불확실하고, 법정에서 진술된 기억은 위조된 것일 가능성이 크다. 그렇다면 기억의 주체들 역시 자신의 기억이 불확실하고 왜곡되었다는 것을 알고 있을까? 아마도 이들은 자신의 기억들이 어딘가 잘못되고 과장되어 있다는 것쯤은 알고 있는 듯하다. 그래서 〈햇빛 쏟아지던 날들〉의 주인공처럼 갑자기 목소리를 바꾸어 "그건 사실과 다르다."고 느닷없는 고백을 하거나, 〈유레루〉의 형제처럼 자신의 주장을 번복하는 게 아닐까? 그러나 자신의 잘못된 기억을 진짜 사실로 확고히 믿는 사람도 있다. 프로이트(S. Freud)에게 찾아와 고통을 호소하는 환자들이 그러한 경우이다. 프로이트는 잘못된 기억을 진짜라고 주장하는 환자들이 거짓말을 한다고 생각하지는 않았다. 또한 그는 한 번 기억된 것이 사라진다고 보지도 않았다. 즉 프로이트는 환자들의 잘못된 기억이 진짜 기억을 은폐하고 있는 일종의 암호라고 본 것이다.

「〈신비로운 글쓰기 판〉에 관한 소고」[4]라는 유명한 논문에서 프로

---

4) 프로이트, 박찬부 역, 「〈신비로운 글쓰기 판〉에 관한 소고」, 『쾌락원칙을 넘어서』, 열린책들, 1997.

이트는 아이들이 갖고 노는 장난감을 예로 들어 기억의 영원성을 설명해 낸다. 요술공책이라 불리는 이 장난감은 얇은 셀룰로이드 종이와 밀랍판 두 부분으로 나뉘어져 있다. 프로이트는 얇은 셀룰로이드 종이를 지각-의식 조직에, 밑에 있는 밀랍판을 무의식에 비유한다. 종이와 밀랍판을 분리하면 지각-의식 차원에서의 기억은 사라지지만, 무의식에 흔적으로 남아있는 기억은 결코 사라지지 않으며 적절한 조건이 주어지면 다시 나타난다는 것이다. 요술공책은 기억의 무한한 저장력과 재현가능성을 입증하기 위한 최적의 비유이다. 물론 이 논문은 비유적으로 기억을 설명한 프로이트의 짧은 논문일 뿐만 아니라, 기억의 재구성을 강조하는 후기의 입장과 일정 부분 모순된다는 한계가 있다. '사후성'5)으로 요약되는 후기 이론에서 프로이트는 근원적 장면이 실제 존재하는가에 대해 애매한 태도를 보이면서, 치료의 관건이 원장면의 회복이 아니라 기억의 재구성에 있다는 입장에 무게를 두기 때문이다.

하지만 잊을 수 없는 기억에 짓눌려 있는 환자들의 사례를 본다면, 기억이 사라지지 않는다는 프로이트의 주장이 타당해 보인다. 〈메멘토〉(크리스토퍼 놀란, 2000)나 〈셔터 아일랜드〉(마틴 스콜세지, 2010)는 기억, 특히 죄의식과 연루된 기억이 결코 사라지지 않는다는 전제에서 출발한다. 두 영화의 주인공은 사고로 아내를 잃었으며, 아내를 죽인 범인에 대해 격심한 분노를 표출하는 공통점을 보인다. 그래서 범

---

5) 프로이트, 김명희 역, 「늑대인간: 유아기 신경증에 관하여」, 『늑대인간』, 열린책들, 2003.

인을 찾아내 처벌하는 것이 두 남자의 삶을 이끌어가는 목적처럼 보이
기도 한다. 그런데 끔찍하게도 아내를 죽인 진짜 범인은 이 남편들 자
신이다. 자신이 아내를 죽였다는 사실을 잊은 채 범인을 찾아 헤매는
이 남자들에게 망각은 생존을 위한 알리바이와도 같다. 자신이 아내
를 죽였다는 사실을 잊어야만 자기가 살인자라는 끔찍한 진실에서 벗
어날 수 있기 때문이다. 이들의 망각이 완전한 것이라면 기억이 사라
지지 않는다고 한 프로이트의 주장은 틀린 것이다. 하지만 영화는 이
들의 망각이 완벽하지 않으며, 실수나 꿈과 같은 증상을 통해 자꾸만
폭로된다는 것을 입증한다.

비유하자면 이들의 마음 속에서 기억하고자 하는 욕망과 망각하고
자 하는 욕망이 뒤엉켜 싸우고 있는 것이다. 한 마음은 무죄를 주장하
며 망각을 선택하고, 다른 마음은 유죄를 주장하며 기억을 선택한다.
〈메멘토〉와 〈셔터 아일랜드〉의 주인공은 범인을 찾는 자기 자신을 은
연중에 수사관이나 경찰의 위치에 올려놓는다. 그런데 아이러니는 찾
아야 할 범죄자, 처벌받아야 할 범인이 자기 자신이라는 데에 있다.
범인과 경찰, 피고와 고소인이 동일인이라는 결론에 이르는 이 영화
들은 이 점에서 죄의식의 흥미로운 속성을 암시해 준다고 하겠다. 수
사관은 고소인과 피고인으로 분열된 자아의 내면을 비유적으로 보여
줄 뿐만 아니라 자아의 자기처벌 욕구를 증명해 주기 때문이다.

(2) 기억 상실과 대중의 욕망

다른 장르와 비교하면, 다른 장르와 비교가 안 될 정도로 영화에서
는 기억상실증, 기억삭제술이나 기억조작술 등의 모티프가 자주 등장

한다는 것을 확인할 수 있다. 기억이 정체성의 문제와 긴밀히 연결되어 있음을 고려한다면, 일련의 영화들이 정체성 탐구의 욕망을 반영한 것이라고 볼 수 있을 듯하다. 앞서 지적했듯, 기억은 개인 및 집단 정체성의 근본 요건이기 때문이다. 특히 사이버 펑크류의 영화들은 기억의 문제를 전면에 내세우며 '인간이란 무엇인가'라는 심오하고 철학적인 질문을 이끌어낸다. SF영화의 고전으로 자리매김한 〈블레이드 러너〉(리들리 스콧, 1982)가 그 대표적인 사례일 것이다. 이 영화는 기억이 인간과 복제인간을 구별하는 준거라는 통념에서 출발하지만, 결국 이 기준이 얼마나 자의적이며 터무니없는 것인지를 입증한다.

기억상실증 소재 영화의 유행과 관련하여 또 하나 고려할 사항은, 기억상실(망각)이 관객에게 더할 나위 없는 대리만족을 제공할 수 있다는 점이다. 불쾌하고 고통스런 기억을 떨쳐 버릴 수만 있다면 우리의 삶은 지금보다 훨씬 산뜻해지지 않을까? 〈니모를 찾아서〉(앤드류 스탠튼, 2003)의 물고기가 한없이 사랑스러운 이유도 여기에 있다. 도리는 단기기억상실증에 걸린 물고기로 3초 동안만 기억력을 유지한다. 그래서 다른 물고기에게 길을 안내하며 앞서 가다가 따라 오는 물고기에게 왜 따라 오느냐며 화를 내기도 하고, 내내 동행하던 친구들에게 "넌 누구냐?"는 어이없는 질문을 하기도 한다. 하지만 도리는 행복하다. 절망이 없다. 기억이 없으니 후회도 없고 어떤 실패도 첫 실패니 좌절을 모르는 것이다.

그렇다면 단기기억상증 환자에 대한 강렬한 인상을 심어주었던 〈메멘토〉의 주인공은 어떤가? 겉으로 보기에 그는 그다지 행복해 보이지 않는다. 레니의 기억력은 약 10분 정도이다. 물고기 도리는 그래도 자기 자신을 의심하지는 않았던 듯한데, 레니의 단기기억상실증은 심각한 편이어서 자기 자신이 누구인지조차 모른다. 때문에 그는 폴라로이드 사진, 메모, 그리고 몸에 새겨진 문신에 철저히 의지하며, 그 객관적 사실들을 토대로 매번 자신이 누구인지를 확인해야만 한다. 하지만 영화의 반전이 보여주듯, 그의 기억상실증은 다분히 의도적인 선택이었다. 즉 겉으로 보기에 그는 단기기억상실증으로 고통받는 것 같지만, 기억상실증 덕분에 자신이 아내를 죽였다는 죄책감으로부터 벗어날 수 있었던 것이다. 그는 최악의 불행(자신이 살인자임)을 피해 차선의 불행(강도에게 아내를 잃음)을 선택한 것이며, 기억상실증은 이 선택을 가능하게 하는 자구책이었던 것이다.

〈첫 키스만 50번째〉(피터 시걸, 2004)의 주인공 루시의 기억력은 하루이다. 하루치만의 기억을 가진 여자에게 과연 사랑이 가능할까라는 질문에서 영화는 시작된다. 아주 적절한 파트너가 있다. 진실한 사랑은 거추장스럽다는 편견을 가진 바람둥이 헨리가 적격자이다. 진지한 사랑과는 지극히 거리가 먼, 그저 가벼운 사랑만을 좇는 헨리가 마치 우연처럼 기억능력에 이상이 있는 루시를 만난다. 그는 마치 진심으로 사랑할 여자를 만났는데 하필 그녀가 단기기억상실증 환자라서 안타까워하는 듯하다. 하지만 논리적으로 따진다면, 그녀의 병증이야말로 그가 그녀를 사랑할 수 있는 필수 조건이다. 왜냐하면 천하의 바람둥이가 원하는 것은 매번 다른 여자와의 새로운 사랑일 것이고, 그렇다면 하루치의 기억력만 소유한 그녀는 최소의 비용으로 최대의 효과를 얻을 수 있는 대상이기 때문이다.

단기기억상실증 환자와 바람둥이의 사랑을 다룬 이 영화는 사랑에 대한 대중의 이중적 욕망을 정확히 보여준다. 일회적 사랑만 추구하던 초반의 헨리는, 영화 마지막에서 영원히 변치 않는 사랑을 실현하는 성숙한 남성으로 변신한다. 우리는 진지하고 영원한 사랑을 찬양하면서도, 한편으로는 가볍고 일회적인 사랑에 끌리게 마련이다. 〈첫 키스만 50번째〉가 바람둥이의 욕망을 코믹하게 보여준다면, 〈냉정과 열정 사이〉(나가에 이사무, 2001)는 영원한 사랑의 위대함을 역설한다. 오해로 결별한 연인이 10년 만에 재회한다는 통속적인 이야기이지만, 이 영화는 첼로의 서정적 선율과 더불어 첫사랑에 관한 가장 아름다운 영화로 기억될 법하다. 영화의 공간적 배경과 남 주인공은 대단히 상징적이다. 남 주인공 준세이는 고미술품 복원사이다. 그는 자신이 살고 있는 피렌체를 "과거를 살고 있는 도시"라고 표현한다.

첫사랑을 결코 잊지 못하는 준세이에게 복원사라는 직업이나 피렌체라는 도시는 운명적인 것이다. 복원사의 작업이란 죽어가는 것을 되살리고 잃어버린 시간을 되찾게 하는 것이기 때문이다. 그는 훼손된 고미술품을 복원하듯, 자신과 연인 아오이의 잃어버린 시간을 복원해낸다. 그가 어떻게 첫사랑의 시간을 되찾게 되는지 궁금한데, 편지와 음악이 그 구체적인 방법이다. 준세이가 보낸 편지는 첫사랑의 기억을 어느 정도 잊고 살아가는 아오이를 뒤흔든다. 그러나 그것은 단순한 문자의 힘이 아니다. "기억하니?"라는 질문이 반복되는 편지가 그녀의 상상력을 자극하며 잊었다고 믿었던 기억들을 흔들어 깨운 것일 터이므로. 시간을 되찾게 한 또 다른 공로는 음악에게 돌려져야 한다. 둘은 10년 전 대학 교정에서 첫 키스를 하며 들었던 첼로 연주를 함께 들으며, 그때 그 시절로 되돌아간다. 청각적 심상에 대한 기억이나 키스의 기억은 몸의 기억에 해당하며, 이 몸에 각인된 기억이야말로 얼마나 강력한 것인지를 상징적으로 보여준다고 하겠다.

4. 결론: 기억의 문화적 의미

서양 철학의 계보에서 기억은 망각에 대해 언제나 우위를 차지해 왔다. 망각은 기억능력의 결핍이나 부재로 폄하되기 일쑤였다. 망각에 대한 기억의 일방적 우위는, 서양 철학이 그토록 추종해 마지않는 진리라는 단어 속에 잘 드러나 있다. '진리(aletheia)'에서 'a'는 부정접두어이고, '-leth-'는 덮인 것, 감춰진 것이란 뜻을 갖는다.6) 그러니까 진리는 덮이지 않은 것, 감춰지지 않은 것을 의미한다. 반대로 진리의 부정적 형태가 레테(Lethe), 즉 망각이다. 그러므로 서양 형이상학에서 망각이 평가절하 되어 왔던 것은 당연한 결과라고 하겠다.

서양에서 기억이 차지해온 위상은 성경에서 '기억'이 얼마나 강조되는지를 살펴볼 때 다시 한번 확인된다. 십계명을 비롯한 하나님의 명령을 얼마나 잘 기억하느냐가 기독교의 관건이라 해도 과장이 아닐 것이다. 구약성서에서 거듭 강조되는 것은 '기억하라'는 명령이며, 최후의 만찬에서 예수의 '기념하라'는 당부 역시 동일한 맥락에 놓인다고 하겠다. 이렇듯 유대인들에게 '기억하라(remember)'는 절대적 명령이었으며, 각종 절기와 규례들은 이 계명을 위한 것들이라고 해도 좋을

---

6) 조경식, 「망각의 담론, 기능 그리고 역사」, 『기억과 망각』, 책세상, 2003, 260-261면.

듯하다. 〈신명기〉에서 모세는 여호와의 명령을 가슴에 새기라고 당부하며 몇 가지 방법을 제안하기도 한다. 우선 거듭해서 들려주라고 당부한다. 그리고 '손'이나 '이마'에 기호를 만들어 계명을 기억하고 '문설주'와 '대문'에도 계명을 써 붙이라고 권면한다. 기억하기가 얼마나 중요한지를 실감하게 하는 구절이다.

하지만 역사에서 망각이 무시될 만한 것으로 폄하되어 왔다고 오해해서는 곤란하다. 아이러니하게도 기독교 신앙에서 망각은 기억만큼이나 중요한 가치를 지니기 때문이다. 계명이나 은혜를 망각하는 것은 심각한 죄이다. 반면 신의 망각은 여호와의 자비와 긍휼을 상징적으로 보여준다. 여호와는 이스라엘 민족을 향하여 그들의 잘못을 다시는 기억하지 아니하고 그 죄를 용서하겠다고 약속한다. 즉 여기서 '기억하지 않는 것(forget)'이 '용서(forgive)'와 동일한 의미를 갖는 것이다. 그리고 신과 인간 사이에서 시작된 망각이 공동체 구성원 사이의 수평적 관계에 적용될 때, 망각은 '서로 용서함'의 윤리로 자리 잡게 된다. 대부분의 갈등이나 마음의 병은 잊지 못하는 증상에서 시작한다. 그런 점에서 잊을 수 있다는 것, 망각하는 능력은 건강함을 증명해주는 척도가 될 수 있다.

성경에 등장하는 희년사상은 망각이 개인적인 차원에서의 해방을 의미할 뿐만 아니라, 사회적, 정치적인 참 자유의 토대가 된다는 사실을 분명히 보여준다. '희년(禧年, Jubilee)'이란 7년에 한 번씩 돌아오는 안식년이 일곱 번 지나 50년이 되는 해를 말한다. 희년이 되면 피치 못할 사정에 의해 팔았던 토지나 집이 원래 소유자에게 돌아간다. 노예나 빚도 모두 청산되므로, 희년은 회복과 자유의 해라고 할 만하

다. 희년이 갖는 의미를 설명하면서 하랄트 바인리히(Hrald Weinrich)
는 희년이 기억의 축제인 동시에 망각의 축제라고 말한다.[7] 기념하고
기억하는 축제라는 점에서는 유대인의 각종 절기와 유사하지만, 내용
상으로 망각을 강조하고 있다는 것이다. 부유한 자들은 토지와 노예
가 자신의 소유라는 사실을 깨끗이 잊어야 하고, 모든 빚은 탕감되어
야 하는 것이다.

　영화에 등장하는 기억 모티프를 검토할 때, 또 하나 간과할 수 없는
것은 포스트모더니즘의 영향이다. 최근 영화의 주인공에게 문제가 되
는 것은 기억이 아니라 실상 망각이다. 영화 속 단골 병명인 단기기억
상실증, 알츠하이머 기억상실증, 집단 기억상실증은 망각이 핵심적
사안임을 뚜렷하게 보여준다. 그리고 죄의식이나 억압으로 인한 증상
과 환상, 과학기술에 의한 기억의 조작과 같은 문제들도 크든 작든 망
각의 문제와 연결되어 있다. 물론 망각이 기억과 본질적으로 다른 것
은 아니다. 새로이 각광받기 시작한 기억의 새로운 이름이 망각이라
고 하는 것이 옳겠다.

　절대적 진리를 회의하는 포스트모더니즘은 기억보다는 망각에 찬사
를 보낸다. 포스트모더니즘에 지대한 영향을 끼친 니체(F. W. Nietzsche)
가 기억을 깎아내리며 그 자리에 망각을 위치시키고자 노력했던 점을
상기해 보자. 니체는 역사가 하나를 기억하기 위해 다수를 망각하는
폭력을 수반한다고 비판하였다.[8] 가령, 왕조 중심의 역사서술은 니체

---

7) 하랄트 바인리히, 백설자 역, 『망각의 강 레테』, 문학동네, 2004 참고.
8) 니체, 김정현 역, 『선악의 저편·도덕의 계보』, 책세상, 2002, 394-430면 참고.

의 눈에 불만스럽게만 보인다. 공식적 역사는 승자의, 승자에 의한, 승자를 위한 기록일 수밖에 없고, 패자들의 이야기는 역사의 장에서 밀려나와 심연에 묻히기 때문이다. 그러나 기억되지 못한다는 것이 곧 존재하지 않았다는 것과 똑같지는 않다. 즉 망각이 존재하지 않았음을 증거하지는 못한다는 것이다.

__참고문헌

岡眞理, 김병구 역, 『기억 서사』, 소명출판사, 2004.

니체, 김정현 역, 『선악의 저편 · 도덕의 계보』, 책세상, 2002.

들뢰즈, 서동욱 역, 『프루스트와 기호들』, 민음사, 1997.

바인리히, 백설자 역, 『망각의 강 레테』, 문학동네, 2004.

베르그송, 박종원 역, 『물질과 기억』, 아카넷, 2005.

변학수, 『문학적 기억의 탄생』, 열린책들, 2008.

아스만, 변학수 역, 『기억의 공간』, 경북대학교출판부, 2003.

앨런 베들리, 진우기 역, 『당신의 기억』, 예담, 2009.

장 라플랑슈 · 장 베르트랑 퐁탈리스, 임진수 역, 『정신분석사전』, 열린책들, 2005.

전진성, 『역사가 기억을 말하다』, 휴머니스트, 2005.

정재림, 오현화 외, 『기억의 여신 므네모시네, 영화관에 들어서다』, 푸른사상, 2011.

정항균, 『므네모시네의 부활』, 뿌리와이파리, 2005.

조경식, 「망각의 담론, 기능 그리고 역사」, 『기억과 망각』, 책세상, 2003.

프로이트, 김명희 역, 「늑대인간: 유아기 신경증에 관하여」, 『늑대인간』, 열린책들, 2003.

프로이트, 박찬부 역, 「〈신비로운 글쓰기 판〉에 관한 소고」, 『쾌락원칙을 넘어서』, 열린책들, 1997.

문학이론을 활용한 문학교육 시론
−'소설에서의 인물 형상화'를 중심으로

1. 서론

이 논문은 문학교육과 문학이론이 괴리된 교육 현장에 대한 고민과 반성에서 시작되었다. 우리나라 문학교육 현장에서 중·고등학교 학생들과 교사들의 일차적 관심이 대학입시에 놓여 있다는 점을 부인하기는 어려운 것이 사실이다. 수학능력시험에 출제되었거나 출제될 확률이 높은 문학작품이나, 문제풀이에 도움이 되는 문학이론이 수업 시간에 자주 등장하는 것은 입시 중심 교육의 당연한 결과라고 할 것이다. 그런데 흥미로운 점은 '문학교육'과 '입시(문제풀이)'가 '문학이론'에 의해 연결되고 있다는 것, 그런 까닭에 문학교육 현장에서 문학이론의 비중이 상대적으로 커진다는 사실에 있다.[1] 입시 위주의 문학

---

1) http://article.joinsmsn.com/news/article/article.asp?total_id=6071640& cloc=olink|article|default

2010–2011년 수능·모의평가의 오답률을 분석한 〈중앙일보〉(2011. 9. 21) 기사는 문학이론이 강조되고 있는 문학교육의 현실을 잘 보여준다. 기사에서 입시 전문가는 언어영역의 오답률의 원인에 대해 "보기와 선택지의 개념어를 몰라 틀린

교육을 받은 학생들이 문학교육을 문학이론이나 용어의 암기 및 적용
과 같은 것으로 생각하는 이유도 여기에 있을 듯하다.

학생과 교사의 관심이 '문학'이 아닌 '이론'에 놓여 있는 현실, 문제
풀이와 문학이론 위주로 문학교육이 이루어지는 현실이 바람직하지
않은 것은 분명해 보인다. 하지만 입시를 무시하고 이상적 문학교육을
주장하는 것 역시 공허하다는 비난을 면하기는 어려울 듯하다. 현장에
서 문학교육을 담당하는 교사와 학생에게 도움이 되기 위해서는 현실
을 받아들이되 최대한 바람직한 문학교육의 방향이 무엇인지, 그것이
어떻게 가능하지를 제시할 수 있어야 할 것이다. 중·고등학교 문학교
육이 이론 중심으로 이루어지는 현실의 문제점에 대한 고민에서 출발
한 이 논문은, 문학교육의 바람직한 방향을 제안하기 위해 일차적으로
문학교과서에 등장하는 문학개념이나 문학이론의 정확성을 검토하는
데서 출발하고자 한다. 이론이나 개념 암기 위주로 문학교육이 이루어
지는 것도 문제지만, 정확하지 않은 문학용어와 문학개념을 무분별하
게 사용하는 것 역시 큰 혼란을 초래한다고 보기 때문이다.

이 논문은 하나의 사례로 문학교과서에 나오는 소설의 '인물 형상화
방식'과 관련한 이론을 살펴보고자 한다. 문학교육의 측면에서 이에
대한 연구는 거의 없는 형편인데, 본 연구와 관련하여 두 편의 선행연

다."라는 분석을 내놓고 있다. 그래서 '서술방법, 인물과 사건의 성격, 역설법, 반
어법, 감정이입, 초월적 인물, 현실감, 간결한 문제, 긴박한 분위기, 독백과 대화
의 교차' 등이 자주 등장하는 개념어인데, "문학작품을 잘 이해하고 있어도 보기·
선택지에 등장하는 이런 개념어를 몰라 틀리는 경우가 많다.", "자주 사용하는 개
념어는 따로 모아 정리할 필요가 있다."라고 지적한다.

구를 참고할 수 있다. 이승준의 「고등학교 교과서의 서사이론에 대한 비판적 고찰2」[2)]는 문학교과서에 실려 있는 '인물'을 비판적으로 검토하고 있어 주목을 요한다. 그는 "이론 교육을 통해 작품 감상의 폭과 깊이를 더하고, 작품 감상을 통해 이론을 더 잘 이해할 수 있다면, 이것이 이상적인 문학교육"[3)]이라고 지적한다. 그는 이론 교육이 작품을 이해하고 감상하기 위한 '효과적인 보조자 역할'을 할 수 있다는 전제 하에, 문학교과서에서 이론이나 개념이 정확하게 활용될 필요가 있음을 강조한다. 본론에서는 문학교과서에서 인물이 어떻게 정의되고, 어떻게 분류되는지, 그리고 이러한 이론 활용의 문제점이 무엇인지를 꼼꼼하게 검토한다. 특히 본론의 한 항목에서 본고의 관심인 '인물의 성격 제시 방법'을 다루고 있다. 그는 이와 관련한 문학교과서의 서술에 큰 문제는 없으나, 다양한 용어가 혼란스럽게 사용되고 있다는 점, 여러 용어 가운데 '말하기'와 '보여주기'가 최상위 용어로 사용되는 것이 바람직하다는 점, 그리고 '말하기'와 '보여주기'가 엄밀한 의미에서는 서술 방식에 해당된다는 점을 지적하고 있다.

김환희의 「순수서술과 모방서술의 경계선 긋기와 그 아이러니」[4)]는 본고의 관심사인 인물 제시 방법을 직접적으로 다루고 있지는 않지만, 말하기와 보여주기라는 두 서술 유형의 기원과 역사를 보여주고 있다

---

2) 이승준, 「고등학교 교과서의 서사이론에 대한 비판적 고찰2: 제7차 교육과정 문학교과서의 '인물'을 중심으로」, 『교육문제연구』 25, 2006.

3) 위의 논문, 124면.

4) 김환희, 「순수서술과 모방서술의 경계선 긋기와 그 아이러니」, 『비평과 이론』, 1999.

는 점에서 주의를 요한다. 플라톤과 아리스토텔레스로부터 웨인 부스, 노먼 프리드만, 제라르 쥬네트, 미에크 발 등의 서사이론가의 이론을 통시적으로 점검하고 있는 이 논문은 말하기와 보여주기를 둘러싼 서구 이론의 쟁점들을 다루고 있다. "모든 문학이론은 독자들의 문학텍스트에 대한 참다운 이해를 도울 수 있을 때만 그 의미를 지닐 수 있다.", "용어가 지닌 문제점들을 보다 철저히 파헤치고 조명해서, 문학용어가 문학텍스트의 내재적 분석에 실질적으로 도움을 주는 설명적 도구가 될 수 있게 이론적 합의를 모색"해야 한다는 결론은 본고에도 시사하는 바가 크다.

본고 역시 정확하고 명료한 개념과 용어의 사용이 필요하며, 그 개념이나 이론의 사용이 문학 작품의 분석에 실질적인 도움을 주는 차원에서 의미를 갖는다는 선행 연구들의 견해에 동의한다. '직접 제시 방법'과 '간접 제시 방법', '말하기'와 '보여주기'라는 하나의 사례를 검토하는 데 목적을 둔 본고는 2장에서 문학교과서에서 이 개념이 어떻게 설명되고 있는지를 확인하고, 3장에서는 이에 대한 이론적 검토를 통해 문학교과서에 등장하는 개념의 혼란을 바로잡고, 인물 제시 방법과 관련한 서술이 어떻게 이루어지는 것이 바람직한지를 제안하고자 한다.

2. 문학교과서의 용어 사용 및 설명에 대한 비판적 고찰

많은 문학교과서들이 '직접 제시 방법'과 '간접 제시 방법'이라는 용

어를 사용하고 있는데5), 〈인물〉 편에서 '인물 제시 방법'의 두 유형으로
설명되는 경우가 대부분이다. 문학교과서에 등장하는 '직접 제시 방법'
과 '간접 제시 방법'에 대한 전형적인 설명을 인용하면 다음과 같다.

(1) 소설에서 인물을 설정하고 묘사하는 방법은 크게 두 가지를 들
수 있다. 서술자가 인물의 특성을 자세하게 설명하는 말하기(직접 제
시) 방법과 대화나 행동을 통해 간접적으로 드러내는 보여주기(간접
적 제시) 방법이 그것이다.

-〈상문연구사〉

(2) 소설에서 인물의 성격을 제시하는 방법에는 '직접적 제시 방법
(telling)'과 '간접적 제시 방법(showing)'이 있다. 직접적 제시 방법
은 서술자가 인물의 성격에 대해 요약적으로 언급하거나, 심리를 분
석하여 들려 주는 방식이다. 간접적 제시 방법은 서술자가 인물들 사
이의 대화나 장면 묘사 등을 통해 인물의 성격을 간접적으로 보여주
는 방식이다.

-〈디딤돌〉

(3) 소설을 창작할 때 인물을 제시하는 방법에는 직접적인 제시 방
법과 간접적인 제시 방법이 있다. 직접적인 제시 방법은 서술자가 인
물의 성격적 요소들을 직접 논평하면서 설명해 주거나 인물의 심리적

---

5) 이승준, 앞의 논문, 139면.
  이승준이 부록으로 제시한 〈18종 문학교과서의 '인물'에 대한 설명 비교대조표〉
  에 의하면, 11개의 문학교과서가 '인물의 제시 방법'을 다루고 있으며, 이 중 7개
  의 문학교과서에서 '말하기/보여주기'가 '직접 제시/간접 제시'와 동일한 것으로
  설명되고 있다고 한다.

요소들을 분석적으로 보고하는 방법으로, '말해주기(telling)'라고 한
다. 이에 반해 간접적 제시 방법은 서술자가 나서지 않고 인물의 행동
이나 대화, 혹은 외양이나 심리 묘사를 통해 인물의 성격과 특성을 우
회적으로 드러내는 방법으로, '보여주기(showing)'라고도 한다.

-〈대한교과서〉6)

(4) 소설에서 인물의 성격이나 갈등을 제시하는 방법에는 직접적인
표현법과 간접적인 표현법이 있다. 직접적인 표현 방법은 서술자가
등장 인물의 성격이나 심리에 대해 요약, 설명, 분석, 보고하는 등 직
접적으로 언급해 주는 경우를 말하며, 해설적·분석적 방법이라고도
한다. 이 방법은 등장 인물의 성격이나 심리를 명백하게 알려 주는 장
점이 있지만, 서술자가 사건에 개입하거나 인물을 추상적으로 제시하
게 되는 단점도 지닌다. 간접적인 표현 방법은 인물이 어떤 성격을 지
니고 있으며 어떤 심리 상태에 있는지 서술자가 직접 언급하지 않는
대신, 인물의 대화, 행동, 외양 등을 통해서 간접적으로 알려 주는 경
우를 말한다. 이 경우 독자 입장에서 인물에 대해 상상하고 판단할 수
있는 부분이 많아지고 생동감 있게 만날 수 있다는 장점이 있지만, 작
가 입장에서는 자신의 견해를 분명하게 나타내기 어려워진다는 단점
도 있다.

-〈문원각〉7)

---

6) 〈대한교과서〉의 경우, 직접적 제시 방법이 '해석적·분석적 방법'(예: 김동인 「붉
   은 산」)이고, 간접적 제시 방법이 '극적 방법'(예: 황순원 「소나기」)이라는 설명을
   덧붙이고 있다.
7) 〈문원각〉의 경우, "서술자가 어떤 관점에서 어떤 태도로 이야기를 풀어 가느냐
   는 작품의 플롯과 작품의 효과는 물론이고, 독자에 대한 호소력에 큰 영향을 미친
   다. 아리스토텔레스는 작가 호메로스가 작품 속에 개입하는 일 없이 이야기를 진

(5) 인물의 성격을 제시하는 방법에는 '보여주기(showing)'와 '말하기(telling)'의 방법이 있다. '보여주기'는 인물의 외양과 행동을 묘사하거나 그가 다른 인물과 주고받는 대화에 의해서 성격을 제시한다. '말하기'는 서술자의 직접적인 설명이나 논평에 의해 인물의 성격을 제시한다. '보여주기'는 작가나 작중 화자가 인물과 사건을 그려 보여줌으로써 독자가 인물의 성격을 추리하기 위해 상상력을 발휘하는 즐거움을 제공한다는 장점이 있는 반면, 이해에 시간이 걸리고 경우에 따라서는 독자가 정확히 이해할 수 없게 된다는 단점도 지니고 있다. 반면에 '말하기' 방법은 독자의 상상력과 흥미를 제한하는 단점이 있지만 사건을 빨리 전개시킬 수 있으며 작중 상황이나 인물에 대한 이해가 쉽다는 장점이 있다.

－〈블랙박스〉

위의 인용문들은 직접 제시 방법과 간접 제시 방법을 인물의 성격 제시 방법의 두 유형으로 설명하고 있음을 보여주고 있다. 문학교과서의 서술은 인물의 성격을 요약적으로 언급하거나 논평하는 것을 '직접 제시(혹은 말하기)'로, 인물의 행동, 대화, 심리 묘사를 통해 성격을 간접적으로 나타내는 것을 '간접 제시(혹은 보여주기)'로 설명한다는 점에서 대동소이하다. (1)-(3)이 간략한 정의만 내리고 있다면, (4)-(5)는 각 방식의 장점과 단점을 부연한다는 점에서 차이가 있을 뿐이다. 더 자세히 보면, (1)-(4)의 설명은 '직접 제시 방법/간접 제시 방법'이

행하는 것이 값지다고 믿었는데, 이를 통해 보면, 오늘날의 '설명하기(telling)'와 '보여주기(showing)'의 개념이 이미 고대에도 있었음을 알 수 있다."는 설명을 덧붙이고 있다.

라는 용어를 주로 사용하면서, 이 용어가 '말하기(말해주기)/보여주기'와 호환가능함을 덧붙이고 있다. 반면 (5)의 경우, 간접 제시 방법, 직접 제시 방법이라는 용어를 생략한 채 '말하기/보여주기'를 인물 제시 방법의 두 유형으로 설명하고 있다. 이처럼 대개의 문학교과서들이 '직접 제시 방법/간접 제시 방법'이라는 용어를 사용하되 그것이 '말하기/보여주기'와 동일한 개념이며, 또한 이 용어를 설명하는 과정에서 말하기, 보여주기, 요약적 제시, 극적 제시, 장면 제시, 해설적·분석적 방법 등의 용어를 동원하고 있음을 확인할 수 있다. 그런데 여기서 우선적으로 점검해야 할 사항은 문학교과서에 등장하는 이 수다한 개념들의 정확성과 그 유용성이다. 왜냐하면 다양한 개념어들이 문학 작품을 이해하는 데 긍정적으로 작용할 수도 있지만, 반대로 작품 이해를 방해하는 요인으로 작용할 수도 있기 때문이다. 다음 장에서는 서사이론의 도움을 받아 문학교과서에 나오는 개념의 정확성과 유용성을 검토하고자 한다.

3. 서사이론에서의 인물 성격 제시 방법 검토

(1) 인물 형상화와 관련한 용어: 직접 제시 방법과 간접 제시 방법

위에서 검토한 바와 같이, 문학교과서에서는 '직접 제시 방법', '간접 제시 방법'이라는 용어가 인물제시의 두 방식으로 설명되어 왔으며, 또한 두 용어가 각각 '말하기', '보여주기'와 동일한 개념으로 간주되어 오곤 했다. 그런데 문학교과서나 입시용 학습서에서 '직접 제시 방법'과 '간접 제시 방법'이라는 용어가 빈번히 등장하는 것과 달리, 서사이론에서는 이 용어들이 등장하는 경우가 드문 편이다. '직접'과 '간접'이라는 용어가 직접 등장하고 있는 서사이론으로 리몬-캐넌의 『소설의 시학』을 들 수 있다.[8] 리몬-캐넌은 '제4장 텍스트: 인물 구성(characterization)'에서 '직접 한정(direct definition)'과 '간접 제시(indirect presentation)'라는 용어를 사용하고 있다. 작중 인물을 "여러 성격-특성으로 이루어진 하나의 조직체"로 정의내리고 있는 리몬-캐넌은 "원칙적으로 텍스트내의 어떤 요소라도 성격 지표의 역할을 할 수 있고, 또 거꾸로 어떤 성격 지표라도 그밖의 다른 역할"[9]을 할 수 있다고 설명한다. 그리고 성격 지표는 '직접 한정'과 '간접 제시'으로 나뉜다고 말한다.

그에 의하면, 직접 한정이란 작중 인물의 두드러진 성격-특성을 직접적으로 한정하는 방법을 의미한다. "텍스트에서 가장 권위 있는 목소리를 통해 말해질 때에만 직접 성격 구성"인데, "폐쇄나 확정보다는 암시나 미정 상태를 더 좋아하고, 독자의 능동적 역할이 중시되는 오늘날에 있어서는, 직접 한정이라는 방식의 명백성이나 유도 능력은 흔히 이점이라기보다는 결점으로 간주"되며, 그런 까닭에 20세기의 소설들은 간접 제시의 방법을 사용하는 것이 지배적이라고 리몬-캐넌은 덧붙인다.[10] 반면 작중 인물의 성격-특성에 대해 직접 언급하지

---

8) 리몬-캐넌, 최상규 역, 『소설의 시학』, 문학과 지성사, 1985.
9) 위의 책, 92면.
10) 위의 책, 93면.

않고, 그것을 보여 주거나 예시하는 방법이 간접 제시인데, '행동', '외양', '환경' 등이 여기에 속한다고 설명한다.[11] '직접(direct)'과 '간접(indirect)'이라는 용어가 〈인물 구성(characterization)〉 장에서 등장하였다는 것은, 이 용어가 인물 제시 방법을 위해 고안된 용어임을 시사하는 대목이다.

반면 리몬-캐넌은 '제7장 서술: 대화 재현'에서 서술의 방법을 설명하기 위한 용어로 '말하기'와 '보여주기'를 사용한다. 〈서술〉 장에 등장하는 말하기, 보여주기는 인물의 성격뿐만 아니라, 대화나 행동, 사건의 재현을 설명하기 위한 용어로 사용된다. 그러므로 리몬-캐논의 서사이론에 따른다면, '인물의 성격 제시(인물 구성)'와 관련해서는 직접 제시 방법과 간접 제시 방법이라는 용어가 사용되고, 서술과 관련해서는 말하기와 보여주기라는 용어가 사용되는 것이다.

하지만 『소설의 시학』 이외의 다른 서사이론서의 경우, '간접(제시 방법)', '직접(제시 방법)'과 같은 용어를 사용하지 않는 특성을 보인다.

---

11) (1) 행동: 인물의 성격은 일시적 행동(「이방인」의 뫼르소의 살인행위)이나 습관적인 행동(「이블린」에서 이블린의 먼지 터는 행위), 아니면 하지 않은 행위(거리로 통하는 그 문을 열어 보지 않는 것은 인물이 현실보다 환상을 좋아하다는 암시로 볼 수 있음)에 의해 암시될 수 있다. (2) 담화: 남들과의 대화나 마음 속의 무언의 행동이건간에 작중 인물의 담화는 인물의 특성을 나타내준다. "나는 종교나 그밖에 어떤 것에도 구애받지 않고, 모든 사람에게 공평한 대우를 한다. 나는 유태인에 대해서 개인적으로 아무런 편견도 가지고 있지 않다. 다만 유태인이란 인종이 문제가 될 뿐이다."에서 인물의 '편협한 성미'를 알 수 있다. (3) 외양: 외양은 인물 특성을 나타내기 위해 사용된다. (4) 환경: 방, 집, 거리, 도시 등은 인간의 환경과 함께 특성을 내포하는 환유로서 사용된다. 가령, 황폐한 가옥과 그 안의 구름 같은 먼지나 음습한 냄새는 인물의 퇴폐상을 암시해 줄 수 있다(위의 책, 9-102면 참고).

아래 인용문에서 보듯, 『서사문학의 이해』에서는 인물의 성격을 제시하는 방법으로 '말하기'와 '보여주기'만이 언급되고 있다.

> (5)
>
> 소설에서 인물의 성격을 구현하기 위한 방법으로 보통 '말하기 telling'와 '보여주기showing'의 두 가지 방법이 알려져 있다. 말하기란 화자가 직접 나서서 등장인물의 면면을 독자에게 설명해주는 것이고, 보여주기는 인물에 대한 논평 없이 그의 말이나 행동만을 보여줌으로써 독자로 하여금 인물을 상상적으로 재구하게 하는 것이다.12)

『서사문학의 이해』의 저자들은 〈인물〉 장에서, 기존의 문학교과서에서 관습적으로 사용되던 '직접 제시 방법'과 '간접 제시 방법'를 사용하지 않고 대신 '말하기'와 '보여주기'라는 용어를 쓰고 있다. 이는 두 가지 점에서 바람직할 수 있다. 첫째, 직접 제시 방법, 간접 제시 방법이라는 용어의 출처가 불분명할뿐더러, 이 용어에 혼란의 소지가 내재해 있다는 점에서 설득력을 갖는다.13) 둘째, 하나의 소설을 여러

---

12) 오탁번·이남호, 『서사문학의 이해』, 고려대학교 출판부, 1999, 148면.
13) 직접 제시 방법과 간접 제시 방법이라는 두 용어에는 공통적으로 '제시'라는 단어가 들어가 있다. 그런데 '제시(representation)'에는 '묘사', '표상' 등의 의미가 포함되어 있는 까닭에, 서술방법상으로 본다면 이 용어들은 '보여주기'의 한 방식이라는 뉘앙스를 준다. 리몬-캐넌의 경우도 '직접 한정(direct definition)'과 '간접 제시(indirect presentation)'라는 용어를 쓰고 있다는 점에 유의할 필요가 있다. 그렇다면 인물의 성격을 직접적이고 분석적인 방법으로 나타내는 방법을 명확히 한 용어가 되기 위해서는, '제시'라는 단어가 '정의', '말해주기' 등으로 대체되어야 할 것이다.

구성 요소의 조합으로 오해할 소지를 줄일 수 있다는 점에서 타당성을 갖는다. 서사이론에 거의 나오지 않는 '직접 제시 방법', '간접 제시 방법'이라는 용어가 문학교과서에서 관습적으로 사용되어 온 것은, 문학교과서가 소설 장르를 '인물', '사건', '배경', '시점', '구성', '문체', '주제' 등으로 항목화하여 서술해 온 전통과 관련이 있을 듯하다. 이와 같은 문학교과서의 항목화는 문학이 각 요소의 총합이라는 인상을 줄 뿐만 아니라, 각각의 요소를 독립된 차원의 것으로 오해하게 할 소지를 갖고 있다.14)

　정리하자면, '직접 제시 방법'과 '간접 제시 방법'은 인물에 초점을 맞추어 도입한 용어이고, '말하기'와 '보여주기'는 서술 차원에 초점을 둔 개념이다. 하지만 여기에서 드는 한 가지 의문은 '인물'과 '서술'이 과연 무관한 것인가라는 점이다. 넓은 의미에서 본다면, 인물의 형상화는 서술의 하위 항목이다. 그렇다면 직접 제시 방법과 간접 제시 방법이라는 용어를 굳이 따로 도입할 필요가 있는가라는 질문이 생겨난다. 물론 직접 제시 방법과 간접 제시 방법이라는 개념이 작품을 이해하는 데 상당한 유용성을 제공한다면, 여러 가지 문제점에도 불구하고 이 용어가 사용될 필요가 있을 것이다.

(2) '직접 제시 방법/간접 제시 방법'의 애매함

　직접 제시 방법과 간접 제시 방법은 표면상 명료한 구분법이라는 인

---

14) 예컨대, 인물을 제시하는 방식이 따로 있고, 사건을 서술하는 방법이 따로 있다는 식의 오해를 낳을 수 있다는 것이다.

상을 준다. 하지만 실제 소설의 사례로 들어가면, 두 방법이 서로 명료하게 구별되지 못하는 경우가 많다.

(6)
    그 여자의 앞모습과 뒷모습은 판이했다. 군살이 붙지 않은 우아하고도 간결한 선과 자신 있고 경쾌한 걸음걸이로 하여 뒤에서 본 그 여자는 스무 살을 갓 넘어선 것처럼 싱싱해 보였다.
    그러나 그 여자의 앞모습엔 분명하고도 멀지 않은 노추의 예감 같은 게 서려 있었다. 세필화처럼 공들인 화장 밑엔 물빨래해서 다림질한 비단결처럼 섬세하고 확실한 주름살이 은폐되어 있었고, 목의 주름살은 숫제 적나라했다.
    판이한 건 그 여자의 앞과 뒤뿐이 아니었다. 그 여자의 큰 눈은 곧 뭔가를 주장하고 나설 것처럼 강경했지만 그 여자의 입술은 시들은 꽃잎처럼 아무것도 주장하고 있지 않았다. 타고난 눈썹을 싹 밀어버리고 새로 그린 눈썹은 간드러지게 요염했지만 턱은 완강했다. 발목은 날씬하고 발은 유리구두라도 신겨주고 싶게 앙증맞고 귀여웠지만 손은 거칠고 튼튼하고 엉뚱한 곳에 옹이처럼 질긴 못까지 박혀 있었다.
    그래서 그 여자가 그 상스럽도록 투박한 손가락이 간간이 자신의 길고 결 좋은 머릿속 깊숙이 집어넣었다가 빗질해 내리는 게 마치 타인의 손처럼 무엄해 보였다. 그 여자는 버릇처럼 무심히 그러나 그지없이 세련된 동작으로 곧잘 그렇게 했다.
    그 여자는 머리끝에서부터 발끝까지 세심하게 신경을 써서 멋부리고 있었지만 동냥자루처럼 더럽고 허술한 백을 메고도 천연덕스러웠다. 백이 잘못돼 있지 않을 땐 구두라도 잘못돼 있었고 구두가 잘못돼 있지 않으면 벨트나 머플러라도 잘못돼 있었다. 잘못돼도 심하게 잘못돼 있었다. 그 여자의 멋부리는 솜씨에 대해 샘내기 좋아하는 사람

은 그 여자의 이런 실수까지를 멋을 위한 기교라고 짐작하고, 기교 치
곤 유치하고 실수한 기교라고 비웃었지만 그건 오해였다. 그건 그냥
ㄱ 여자의 순전한 실수일 뿐이었다. 요컨대 그 여자는 완벽한 멋쟁이
는 못 됐다. 그러나 그런 불완전함이 오히려 남들에게 친밀감을 일으
키기도 했다.

(7)

밥 잘 먹고, 술 잘 먹고, 고기 잘 먹고, 떡 잘 먹고, 쌀 퍼 주고 고기
사 먹고, 벼 퍼 주고 술 사 먹고, 이웃집 밥 부치기, 동인 잡고 욕 잘
허고, 초군들과 싸움허기, 술 잔뜩 먹고 와 배 끊고 발 털고 한밤중
울음 울고, 가는 행인다려 담배 달라 실랑허기, 술 잔뜩 먹고 정자 밑
에 낮잠 자기, 힐끗허면 핼끗허고, 헐끗허면 힐끗허고, 삐죽허면 빼쭉
허고, 빼쭉허면 삐죽허고, 남의 혼인 허랴 허고 단단히 믿었난디 해담
을 잘 허기와 신분 신랑 잠 자는디 가만가만 문 앞에 들어서며 불이야.

인용문 (6)은 박완서의 소설 『살아 있는 날의 시작』의 일부로 이 부
분에서는 인물의 이중적이고 모순적인 성격적 특성이, 특히 외양 묘
사와 관련하여 제시되고 있다. "군살이 붙지 않은 우아하고도 간결한
선과 자신 있고 경쾌한 걸음걸이"라든가, "발목은 날씬하고 발은 유리
구두라도 신겨주고 싶게 앙증맞고 귀여웠지만 손은 거칠고 튼튼하고
엉뚱한 곳에 옹이처럼 질긴 못까지 박혀 있었다."와 같은 부분이 외양
묘사인데, 그렇다면 문학교과서의 구분에 따르면 위의 부분은 간접
제시 방법의 사례에 속한다. '행동과 외양을 통해 인물의 성격'이 드러
나고 있기 때문이다. 하지만 단정적인 어투는 아닐지라도 서술자의
논평에 가까운 부분들이 들어가 있어 이러한 판단을 주저하게 만든다.

예컨대 "그 상스럽도록 투박한", "그건 오해였다.", "요컨대 그 여자는 완벽한 멋쟁이는 못 됐다. 그러나 그런 불완전함이 오히려 남들에게 친밀감을 일으키기도 했다." 등은 직접적이고 분석적인 방법으로 인물의 성격을 보여준다고 할 수 있다.

 인용문 (7)의 경우도 '뺑덕 어미'의 성격이 직접 제시 방법에 의해 드러난 것인지, 간접 제시 방법에 의해 제시된 것인지 명확하게 판단하기가 애매하다. 인용문이 인물의 행동을 보여주고 있는 것은 분명하고, 그런 점에서 간접 제시 방법의 예처럼 보인다. 하지만 어느 정도 존재감이 뚜렷한 서술자가 인물의 행동을 전달되는 듯하기 때문에, 이 부분을 간접 제시 방법의 예라고 단언하기가 쉽지 않다. 문학교과서에서 지적하고 있듯이, 인물을 형상화는 과정에서 두 가지 방식은 자연스럽게 섞여 사용되곤 한다. 그렇다면 위의 애매한 사례들은 직접 제시 방법과 간접 제시 방법이 섞여서 사용될 수밖에 없다는 점을 시사하는 것일까? 그러나 이보다 먼저 지적해야 할 것은 명확한 것처럼 보이는 직접 제시 방법, 간접 제시 방법이 실상 모호하고 불명확한 용어라는 점이다.[15]

---

15) 권규호, 『문학개념어 사전』, 2011, 메가북스, 14면.
   물론 실제 시험 문제에서 이 개념이 혼란을 가져오지는 않을 것으로 보인다. 왜냐하면 인물 제시 방법과 관련한 문제는 아래 수학능력시험의 선택지처럼 간단한 형태로만 다루어지기 때문이다.
   (예문1) 여자 주인공의 성격을 직접적으로 제시한다. (2004. 수능)
   (예문2) 초점이 되는 인물을 형상화하는 방법으로 묘사를 도입하고 있다. (2003. 수능)
   (예문3) 대화를 통해 인물의 성격을 간접적으로 제시하고 있다. (2009. 6. 평가원)
   (예문4) 외양과 행동을 묘사하여 인물의 성격을 드러내고 있다. (2004. 6. 평가원)

위 예문과 관련한 혼란스러움은 오히려 서술 양식(말하기와 보여주기)을 중심으로 접근할 때, 그 해결의 실마리를 찾을 수 있다. 슈탄젤은 '인칭, 시점, 양식'의 새 대립항을 중심으로 서술상황을 설명하는데, 양식 대립항에서 슈탄젤 역시 말하기와 보여주기의 구별이 어렵다는 점을 지적한다. 다시 말해, 인물의 성격이 요약적 논평에 의해 나타나는지 혹은 인물의 행동이나 외양의 묘사에 의해 제시되는지를 구분하기는 어렵다는 것이다. 따라서 '서술 전달'보다 '전달자'가 누구인지에 초점을 맞출 필요가 있다고 한다.16) 위에 제시된 인용문의 경우, 분명 주를 이루는 것은 인물의 행동이나 외양에 대한 묘사이다. 하지만 '전달자'에 초점을 맞추어 인물의 행동과 묘사가 누구에 의해 전달되고 있는지에 주목할 필요가 있다. 즉 이러한 사실은 '반성자─인물'이 아닌, '화자─인물'에 의해 전달된다. 즉 인물 묘사가 반성자─인물의 의식에 지각되고 반영되는 것이 아니라, 권위를 가진 화자─인물에 의해 이것들이 직접 서술되고 있다는 것이다. 그러므로 인용문에서 표면상 주를 이루는 것이 인물 묘사일지라도, 전달자의 성격상이 예문은 말하기의 경우에 속하게 된다.17)

---

16) 슈탄젤, 김정신 역, 『소설의 이론』, 탑출판사, 1990, 215-216면.
　　슈탄젤은 그는 말하기와 보여주기를 구별하는 것이 어렵기 때문에, 양식 대립항이 "서술 전달의 견지에서가 아니고 전달자의 견지에서 기술"될 필요가 있다고 말한다. 그는 '화자─인물'과 '반성자─인물'을 구분하고 있는데, 화자─인물은 "서술하고, 기록하고, 정보를 주고, 편지를 쓰고, 자료를 포함시키고 믿을 만한 정보 제공자를 인용하고, 자기 자신의 서술을 가리키고, 독자에게 연설하고, 서술되어 온 것들을 논평"하며, 반성자─인물은 "자신의 의식 속에서 외부 세계의 사건을 반영하고, 지각하고, 느끼고, 기록하는데 항상 말없이 그렇게" 하는 특징을 보인다.

(3) 서술 방식과 관련한 용어: 말하기와 보여주기

앞 절에서 직접 제시 방법, 간접 제시 방법으로 간단히 구분짓기 어려운 예를 들어, 이 용어에 포함된 불명확성을 살펴보았다. 그렇다면 명확성과 유용성이 의심되는 직접 제시 방법, 간접 제시 방법이라는 용어 대신, 보다 명료한 개념 정의가 가능한 말하기, 보여주기를 사용하는 것이 바람직하다는 결론에 이르게 된다. 말하기와 보여주기는 플라톤과 아리스토텔레스로 거슬러 올라갈 만큼 오랜 역사를 가진 용어로 숱한 문학적 논쟁을 거치면서 그 의미와 가치를 검증받은 바 있다.

플라톤과 아리스토텔레스는 서술 방법을 둘로 나누어 설명한다. 시인이 자신의 목소리로 이야기하는 '디에게시시(diegesis)'가 하나이고, 인물의 목소리를 빌어 이야기하는 '미메시스(mimesis)'가 하나이다. 플라톤이 속임수 없는 디에게시스를 이상적인 서술로 강조한 반면, 아리스토텔레스는 시인의 목소리가 최소화되는 미메시스를 이상화한다. 20세기 전반기까지 서구 작가와 이론가들은 아리스토텔레스의 미메시스에 절대적 지지를 보내왔었다. '극화하라, 극화화라!'고 강조했던 헨리 제임스나, 보여주기를 허구 서사물이 지향해야 할 최고의 이상으로 추앙한 퍼시 러보크가 그 대표적인 사례일 것이다.[18] 플라톤

---

17) 규범적으로 재단한다면 위 인용문은 인물 제시 방법으로는 간접 제시 방법에 속하고, 서술 차원에서는 말하기에 속하게 된다. 이와 같은 사례는 '직접 제시 방법=말하기', '간접 제시 방법=보여주기'라는 도식이 불가능함을 보여준다.

18) 리몬-캐넌, 앞의 책, 158면.
　　말하기/보여주기라는 용어는 각 서사이론가들에 의해, '사실 서술'과 '장면 서술'(오토 루드비히), '보고적 서술'과 '장면 제시'(슈탄젤), '단순 서술'과 '장면 제

이 '디에게시스'와 '미메시스', 헨리 제임스(Henry James)가 '말하기'
와 '보여주기'로 나누었던 것을 러보크는 '서술위주(panoramic)'와 '장
면위주(scenic)'로 나눈다. 헨리 제임스의 주장을 옹호했던 러보크는
'평면서술'보다는 '입체적(극적) 서술'이 더 효과적이며, 독자에게 자율
적인 반응을 유도하는 방법임을 강조하였다.[19]

하지만 보여주기(극적 방법)의 우월성은 포스터, 쥬네트, 부스 등에
의해 비판된다.[20] 웨인 부스(Wayne Booth)는 보여주기를 통해 독자
스스로가 판단하도록 해야 한다는 모더니즘의 주장에 반대하여 말하
기의 우월성, 나아가 말하기와 보여주기라는 이분법의 해체를 역설한
다. 모더니즘 작가들이 보여주기의 우월함을 주장하며 작가의 개입을
최소화할 것을 주장했지만, 이 객관성이야말로 하나의 '효과'이자 '환
상'이라는 것이 그의 요지이다.[21] 쥬네트 역시 나아가 보여주기가 하
나의 '미망'일 뿐이며, 언어로 된 서사가 할 수 있는 최대치는 '모방이
라는 환상'을 심어주는 것뿐이라고 지적한다. 그는 "모든 경우에 있어
말하기보다 보여주기가 더 효과적이라고 단언할 수는 없다. 작품 내
에서 인물이 차지하는 비중이나 기능에 따라서 말하기에 의한 간명한
설명과 보여주기에 의한 생생한 성격 구현이 적절하게 배분되어야 비

시'(러보크) 등으로 서술된 바 있다.

19) 물론 러보크가 입체적 서술(보여주기)만이 소설에서 유용하다고 주장한 것은 아
니다. 그의 입장이 입체적 서술에 기울어 있긴 했지만, 러보크 역시 두 서술의
조화를 강조했기 때문이다.

20) 권택영, 『소설을 어떻게 볼 것인가』, 동서문학사, 1991.

21) 웨인 부스, 최상규 역, 『소설의 수사학』, 예림기획, 1999.

로소 효과적인 인물 형상화가 가능"[22]해진다고 주장한다.

플라톤과 아리스토텔레스로부터, 모더니즘과 포스트모더니즘에 이르기까지 각 시기마다 말하기와 보여주기를 둘러싼 첨예한 논쟁이 부각되었다는 것은 흥미로운 사실이다. 어떤 시기에는 보여주기가 우월한 서술 방법으로 인정되었고, 어느 시기에는 말하기가 우월한 것으로 간주되기도 했었다. 오랜 논쟁에서 단련된 만큼 말하기와 보여주기라는 개념은 단순한 서술(인물 형상화를 포함한) 차원을 뛰어넘어 세계관까지를 포함하는 국면을 가지고 있다. 그런 까닭에 단순히 직접인지 간접인지로 인물 제시 방법을 판가름하려는 태도보다는, 재현과 서술이라는 보다 넓은 차원에서 인물에 대한 서술 방식을 논의하는 것이 바람직할 듯하다. 또한 '말하기/보여주기'는 '서술', '인칭', '시점'과도 긴밀하게 연결되는 지점을 갖기 때문에, 개별 문학 작품을 해석하는 데에도 유의미하고 긍정적인 효과를 끼칠 것으로 보인다. 예컨대, 식민지 시기의 현실을 사실적으로 그리고 있는 염상섭의 소설을 다루는 경우, 단순히 인물 성격화가 직접인지 간접인지를 규범적으로 설명하는 것은 큰 효과를 거두기는 어려울 것으로 보인다. 그보다는 '말하기/보여주기'의 차원에서 접근하여, 그것이 '관찰'을 강조하는 작가의식 및 작가의 세계관과 어떻게 관련되는지를 설명하는 것이 더 효과적일 듯하다.

---

22) 쥬네트, 권택영 역, 『서사담론』, 교보문고, 1991, 149면.

4. 결론: 문제점과 개선 방안

이 논문은 문학교과서에서 정확하지 않은 용어와 개념이 무분별하게 사용되는 것이 문제적이라는 진단 아래, 하나의 사례로서 문학교과서에 나오는 '소설에서의 인물 유형화 방식'을 집중적으로 검토하였다. 2장에서는 인물 제시 방법과 관련한 개념들이 문학교과서에서 어떻게 다루어지고 있는지를 살펴보았고, 3장에서는 서사이론의 도움을 받아 문학교과서에 나오는 '직접 제시 방법', '간접 제시 방법', '말하기', '보여주기' 등의 개념 서술의 문제점을 살펴보았다. 이와 같은 이론적 검토를 통해, 문학교과서에 나오는 인물 성격 제시 방법과 관련한 이론의 문제점과 개선 방안을 요약하면 다음과 같다.

첫째, 한 작품 전체가 하나의 방식에 의해 서술된다는 식의 오해를 낳는 서술이 되지 않도록 유의할 필요가 있다. 가령, 한 교과서에서는 직접 제시 방법과 간접 제시 방법의 예로 각각 김동인 「붉은 산」, 황순원 「소나기」를 들고 있는데 이와 같은 사례 제시는 오류임에 분명하다. 앞서 살펴본 바와 같이 하나의 작품이 간접 제시 방법만으로, 혹은 직접 제시 방법만으로 서술되는 것은 거의 불가능하기 때문이다. 따라서 직접 제시 방법, 간접 제시 방법(혹은 말하기와 보여주기)의 사례를 드는 경우, 소설의 일부분을 제한적으로 제시하고, 두 가지 방식이 통합적으로 사용된다는 것을 설명할 필요가 있다.

둘째, 두 유형이 우열 관계에 놓이지 않음을 강조할 필요가 있다. 서사이론의 역사에서 보듯, 어느 시기에는 말하기가 바람직한 창작 방법으로 여겨지고, 다른 시기에는 보여주기가 우세한 형식으로 간주

되었다. 문학교육이 어느 한 시기나 사조를 대변하는 것일 수 없으므
로, 어느 방식이 우월하다는 식의 서술은 지양해야 할 것이다. 오히려
각 방식의 장점과 단점을 설명하여 소설을 다층적으로 읽도록 도움을
주어야 할 것이다. 일례로 한 교과서에서는 염상섭의 「두 파산」의 두
부분을 각각 말하기와 보여주기의 사례로 들고, 그것이 염상섭의 '관
찰'을 강조하는 작가의식과 연결시키고 있는데 이는 바람직한 사례라
고 하겠다.23)

　셋째, 직접 제시 방법과 간접 제시 방법이라는 용어 자체를 근본적
으로 재고하고, 보여주기와 말하기라는 용어로 통합해 사용하는 방법
도 하나의 대안이 될 수 있다. 문학교과서에서는 간접 제시/직접 제
시, 보여주기/말하기, 요약/장면 등의 용어가 혼용되어 사용되고 있
고, 특히 입시용 학습서에서는 '간접 제시=보여주기=장면', '직접 제
시=말하기=요약'이라는 공식까지 사용되고 있는데 이는 부정확한 설
명 방식이다. 물론 '직접 제시 방법/간접 제시 방법'이 오랜 기간 관습

---

23) 〈문원각〉의 학습활동은 다음과 같다. "염상섭의 「두 파산」에서 교장에 대한 정
　　례와 정례 모친의 감정이 어떤 방식으로 제시되고 있는가?" 지도서에서는 간접
　　제시의 사례로 "정례 모녀는 무슨 말이 나오려는지 벌써 알아차리고 입을 삐쭉하
　　여졌다.", 직접 제시의 사례로 "정례는 그 돈이 아깝고 영감의 푸둥푸둥한 손까지
　　밉기도 하여"를 지적하고 있다. 그리고 그 아래에 다음과 같은 설명을 덧붙여 더
　　생각할 거리를 제공하고 있는데, 이는 말하기, 보여주기라는 방식과 작가 의식을
　　연결 짓는 좋은 사례로 보인다. "염상섭의 소설은 거의 전부가 인생의 충실한 관
　　찰자로서의 기록이다. 그리하여 인생의 새로운 의미나 질서를 창조하기를 거부하
　　고 생활을 피부로 느낄 수 있는 의식이나 감정을 그대로 사진을 찍듯이 보여준다.
　　거기에는 '변혁시키는 것을 제시하는 문학'으로서의 새로운 삶의 지표의 모색이나
　　제시도 없고, 인생의 길에서 얼룩진 현장에 대한 동질 의식도 없이 객관적인 입장
　　에서 관찰하여 그것을 작품화 해서 보일 뿐이다." (〈문원각〉, 159면)

적으로 사용되어 온 현실을 고려해야 하지만, 인물 제시 방법을 넓은 차원의 서술(재현)에 포함시켜 '보여주기/말하기'라는 용어로 통합·사용하는 것이 이론적으로 발생하는 혼란을 줄이는 하나의 방법이 될 수 있기 때문이다.

마지막으로 이론과 개념이 소설을 이해하는 데 필수적으로 요청되는 수준에서만 활용될 필요가 있다는 점을 다시 한 번 강조할 필요가 있다. 문학교과서는 학생들의 이해를 돕는다는 명목으로 지나치게 전문적인 용어와 이론을 끌어들이는 경향을 보이는데, 지나친 이론과 개념이 오히려 혼란을 가중시킬 수 있음에 주의해야 할 듯하다. 당연한 말이지만 문학교과서의 설명은 이론과 개념을 최소화하고, 그것을 실제 작품의 해석 및 감상과 연계하는 방향으로 서술되는 것이 바람직할 것이다.

__참고문헌

고등학교 문학교과서.
권규호, 『문학개념어 사전』, 메가북스, 2011.
권택영, 『소설을 어떻게 볼 것인가』, 동서문학사, 1991.
김환희, 「순수서술과 모방서술의 경계선 긋기와 그 아이러니」, 『비평과 이론』, 1999.
오탁번·이남호, 『서사문학의 이해』, 고려대학교 출판부, 1999.
이승준, 「고등학교 교과서의 서사이론에 대한 비판적 고찰2: 제7차 교육과정 문학교과서의 '인물'을 중심으로」, 『교육문제연구』 25, 2006.
리몬-캐넌, 최상규 역, 『소설의 시학』, 문학과 지성사, 1985.
슈탄젤, 김정신 역, 『소설의 이론』, 탑출판사, 1990.
웨인 부스, 최상규 역, 『소설의 수사학』, 예림기획, 1999.

쥬네트, 권택영 역, 『서사담론』, 교보문고, 1991.

http://article.joinsmsn.com/news/article/article.asp?total_id=6071640&cloc=o
  link|article|default(2012.1.5.15:00)

정재림

고려대학교 국어교육과와 동대학원 국어국문학과 졸업
2004년 조선일보 신춘문예 문학평론 등단, 2010년 서울기독교영화제 영화비평 우수상 수상
고려대학교, 한국항공대학교, 백석대학교 강사
현재 고려대학교 한국어문교육연구소 연구교수
『기억의 고고학』, 『문학의 공명』, 『한국 현대소설과 전쟁의 기억』(저서), 『임옥인 소설 선집』,
『최인훈』(편저), 『기억의 여신 므네모시네, 영화관에 들어서다』, 『미디어와 문화』(공저)

현대문학연구의 방법과 지형

2013년 2월 28일 초판 1쇄 펴냄

지은이 정재림
펴낸이 김흥국
펴낸곳 도서출판 보고사

책임편집 이경민
표지디자인 오동준

등록 1990년 12월 13일 제6-0429호
주소 서울특별시 성북구 보문동7가 11번지 2층
전화 922-5120~1(편집), 922-2246(영업)
팩스 922-6990
메일 kanapub3@chol.com
http://www.bogosabooks.co.kr

ISBN 978-89-8433-897-5 93810
ⓒ 정재림, 2013

정가 12,000원